NOTICE

SUR

LES ŒUVRES AUTHENTIQUES OU SUPPOSÉES

DE

JEAN DE GARLANDE.

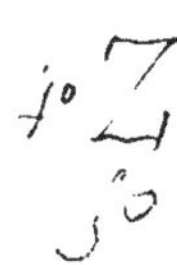

NOTICE

SUR

LES ŒUVRES AUTHENTIQUES OU SUPPOSÉES

DE

JEAN DE GARLANDE,

PAR M. B. HAURÉAU,

MEMBRE DE L'INSTITUT.

EXTRAIT DU TOME XXVII, 2e PARTIE, DES NOTICES DES MANUSCRITS.

PARIS.

IMPRIMERIE NATIONALE.

M DCCC LXXVII.

NOTICE

SUR

LES ŒUVRES AUTHENTIQUES OU SUPPOSÉES

DE

JEAN DE GARLANDE.

Si mauvais écrivain qu'ait été Jean de Garlande, il a joui de son temps d'un grand crédit. Roger Bacon lui-même, très-dédaigneux, comme on le sait, et très-libre en propos à l'égard des autres, s'est flatté d'avoir connu ce maître célèbre qui n'avait pas craint de censurer les étymologies de Papias et d'Hugution[1]. Ajoutons que la renommée de Jean de Garlande lui a longtemps survécu. Quelques-uns de ses opuscules étaient encore tellement goûtés vers la fin du xve siècle, que l'imprimerie naissante se faisait partout un devoir d'en multiplier les exemplaires. Cependant on n'a pas encore une liste exacte de ses écrits. L'*Histoire littéraire de la France* nous offre quatre notices sur Jean de Garlande[2]. La première, publiée par un des bénédictins, que l'on croit dom Rivet, est très-défectueuse. Dans les suivantes, nos scrupuleux et savants confrères MM. Le Clerc et Littré ont, en de fort bons termes, corrigé beaucoup de fautes commises par leur devancier. Mais il en

[1] Roger Bacon, *Compend. studii*, p. 453 de l'édit. de 1859.

[2] Tome VIII, p. 83-99; t. XXI, p. 369-373; t. XXII, p. 11-13 et p. 77-103.

reste d'autres à signaler; il reste aussi des lacunes à remplir. Jean de Garlande fut un maître si fameux que les anciens copistes n'ont pu manquer de mettre à son compte plusieurs pièces qui ne sont pas de lui; il fut, d'autre part, un écrivain si fécond que les critiques modernes peuvent être facilement excusés de n'avoir pas mentionné toutes celles dont il est vraiment l'auteur.

Nous allons nous efforcer de compléter ici les quatre notices de l'*Histoire littéraire*, en procédant, pour éviter toute confusion, suivant une méthode qu'il importe moins de justifier que d'exposer. Nous donnerons d'abord des renseignements nouveaux sur chacune des œuvres dont il est parlé dans la première de ces notices; nous ferons ensuite le recensement de celles qui n'y sont pas citées, ayant été, pour la plupart, découvertes, publiées et mises au compte de Jean de Garlande depuis que cette notice a paru; nous signalerons enfin dans quelques manuscrits plusieurs de ses œuvres inédites.

Si nous ne sommes pas parvenus à résoudre toutes les difficultés que présentait l'ample matière de notre enquête, ce n'est pas que le désir de mieux faire ou la patience nous ait manqué; mais la première condition pour bien juger les choses, c'est de les voir, et nos bibliothèques de Paris ne possèdent pas tous les écrits attribués ou disputés à Jean de Garlande. Nous confesserons du moins, très-sincèrement, les doutes qui nous restent.

I

CARMEN DE MYSTERIIS ECCLESIÆ.

En tête de leur catalogue les bénédictins placent ce long poëme, en vers héroïques, diversement intitulé *Carmen de mysteriis Ecclesiæ*, *Summa mysteriorum*, *Mysteriorum Ecclesiæ libri duo*. Le plus ancien des bibliographes anglais, Jean Boston de Bury, qui vivait au XVe siècle, l'a désigné par cet *incipit :*

Anglia quo tendis, tua dum . . . . . :

mais les citations de Boston de Bury ne sont pas toutes exactes. En réalité, l'ouvrage commence par :

Anglia quo fulget, quo gaudent præsule claro
Londoniæ, quo Parisius scrutante sophiam
Florebat studium, basis aurea, fulgide Fulco,
Firmæ justitiæ, mysteria suscipe sacræ
Ecclesiæ, studio distincta metroque Joannis.

On en possède d'assez nombreuses copies. Nous le rencontrons notamment dans les nos 1640 de la bibliothèque Sainte-Geneviève, 345 de Metz, 546 de Bruges[1], 3812, 4371 et 4710 de Munich[2]. L'ancien catalogue des manuscrits d'Angleterre et d'Irlande nous le signale parmi ceux de la bibliothèque Bodléienne, du collége Caio-Gonville et de l'église de Worcester[3]. On le trouve encore en divers recueils de Leyde, de Vienne[4], de Florence, de Berlin[5]. Mais il est maintenant inutile d'en indiquer toutes les copies, car il n'est plus inédit. Leyser en avait donné les premiers vers dans son *Histoire des poëtes du moyen âge*[6], et Sbaraglia les derniers dans ses notices supplémentaires sur les écrivains de son ordre[7]; en l'année 1842, M. Frédéric-Guillaume Otto l'a publié tout entier, d'après deux manuscrits très-peu conformes, l'un de Giessen, l'autre de Darmstadt[8].

L'attribution de ce poëme à Jean de Garlande ne paraît pas contestable. L'auteur, qui se nomme deux fois Jean[9], dédie son poëme et l'envoie de Paris à Foulque, évêque de Londres, qui gouverna cet évêché de l'année 1244 à l'année 1259. Voici même une date plus

[1] Laude, *Catal. des man. de Bruges*, p. 478, 483.

[2] *Catalogus cod. lat. bibl. Monacensis*; éd. Car. Halm et Georg. Laubmann.

[3] *Catalogi libr. man. Angliæ et Hiberniæ*, passim.

[4] M. Endlicher en désigne un exemplaire dans le n° 3219 de la bibliothèque impériale de Vienne; *Catalogus codicum philologicorum bibliothecæ palatinæ* (1836).

[5] *Hist. littér. de la France*, t. XXII, p. 949.

[6] Leyser, *Hist. poet. et poemat. medii ævi*, p. 339 et seq.

[7] Sbaraglia, *Suppl.* ad *Scriptores* L. Waddingi, p. 20.

[8] Fr. G. Otto, *Comment. crit. in cod. biblioth. Gissensis*, p. 131-151.

[9] Voir ci-dessus et le vers 91 de l'édition.

précise : le poëme finit par une sorte de complainte sur la mort récente d'un illustre compatriote de l'auteur, Alexandre de Halès, mort le 21 août 1245[1]. Ce Jean, Anglais de naissance, théologien, poëte, et mauvais poëte, qui vivait à Paris en 1245, est indubitablement Jean de Garlande. D'anciens bibliographes l'avaient placé dans le XIe siècle, où les bénédictins l'avaient laissé. Mais il est bien prouvé maintenant que ces anciens bibliographes s'étaient en cela gravement trompés[2]. D'ailleurs, tous les manuscrits que nous avons cités donnent l'ouvrage à Jean de Garlande, et cet accord est d'autant plus persuasif qu'il n'est pas fréquent.

M. Le Clerc a très-judicieusement apprécié cet ouvrage[3]. C'est un fatras d'explications allégoriques sur les mystères de la foi, les cérémonies de la messe, les chants et les prières liturgiques, les ministres de l'Église, leurs dignités et même leurs vêtements. Tout cela, du reste, n'a rien d'original; l'auteur a mis en vers ce qui se lit ailleurs en prose, et, s'il a trouvé par hasard, dans un écrit en prose, quelques vers tirés d'un ancien poëme, il les a copiés et les a donnés comme issus de sa veine. Ce n'est pas à lui qu'appartiennent, suivant la juste remarque de M. Otto[4], ces deux vers sur la courbure et la pointe du bâton pastoral :

Curva trahit mites, pars pungit acuta rebelles;
Curva trahit quos virga regit, pars ultima pungit[5];

ils sont d'un poëte que cite l'auteur du *Speculum* imprimé parmi les œuvres du chanoine Hugues de Saint-Victor[6]. D'où l'on peut conclure qu'il s'en est approprié quelques autres, sans doute les moins fautifs de son poëme. Jean de Garlande est en effet, à son ordinaire, un ver-

[1] Otto, *Comment.*, p. 147. — *Hist. litt. de la France*, t. XXI, p. 372.

[2] *Hist. litt. de la Fr.*, t. XXI, p. 369-372.

[3] *Ibid.*, t. XXII, p. 96.

[4] Fr. G. Otto, *Comm.* cité, p. 86.

[5] Vers 458 et 459 de l'édit. donnée par M. Otto.

[6] Hugo de S. Vict., *Speculum de mysteriis Ecclesiæ*, c. VI. Hugues de Saint-Victor n'est peut-être pas l'auteur de ce *Speculum*, mais c'est un ouvrage antérieur à Jean de Garlande puisqu'il existe dans un manuscrit du XIIe siècle, n° 11579 de la Biblioth. nationale, ancien 42 de Saint-Germain-des-Prés. Les vers cités se lisent dans ce manuscrit.

sificateur très-répréhensible. La langue qu'il parle n'est pas celle de la poésie, mais celle de la prose et de la plus mauvaise prose. D'autres sont obscurs par ignorance; il semble l'être par calcul. Il faut qu'on s'arrête à chaque vers pour se demander ce qu'a voulu dire ce grand savant, ce profond et ténébreux pédant. Ce n'est pourtant pas la métrique qui le gêne. Usant, abusant de toutes les licences jadis notées et consacrées par Paul le Camaldule[1], il paraît aujourd'hui, ces licences n'étant plus admises, soit n'avoir appris aucune des règles, soit les violer à plaisir pour s'épargner la peine d'observer la cadence, la mesure, l'ordonnance et la succession des longues et des brèves. Tous les poëtes de son temps ont fait de ces vers que nous appelons incorrects suivant la prosodie de Virgile et d'Ovide; mais aucun n'en a fait de tels autant que lui. Ce qui, chez les autres, est l'accident est, chez lui, la coutume. Il nous sera très-utile d'avoir lu d'abord un ouvrage authentique de Jean de Garlande. Nous connaissons maintenant la méthode et la manière, le genre d'esprit et la liberté de ce poëte; ainsi nous pourrons mieux distinguer le faux du vrai dans les allégations des critiques qui ont avant nous tenté de faire ou de refaire le catalogue de ses œuvres.

Il est inconcevable que l'éditeur du *Carmen de mysteriis Ecclesiæ* l'ait jugé digne de cette louange : *Carmen pulcherrimum et ad theologiam medii ævi cognoscendam utilissimum*[2]. Ce très-beau poëme n'offre pas un beau vers et ne peut en rien servir aux études théologiques. L'éditeur a dû confondre ici la liturgie avec la théologie. Quoi qu'il en soit, nous conseillerons d'étudier ailleurs aussi bien la liturgie que la théologie du moyen âge. On pourra, du moins, tirer de ce poëme quelques renseignements utiles pour l'histoire, comme celui que nous offrent les vers suivants :

> Ecclesiæ secreta sacræ committo magistro
> Discutienda Petro, qui, cancellarius urbis
> Parisius, studii directas ducit habenas[3].

[1] M. Ch. Thurot, *Notices et extraits de divers man. lat. pour servir à l'hist. des doctr. grammaticales*, p. 24, 419 et suiv.

[2] Fr. G. Otto, *Comm. crit. in cod. bibl. Gissensis*, p. 86.

[3] Vers 45-47.

Ce maître Pierre, chancelier de l'Église de Paris vers la fin de l'année 1245, ne figure pas à cette date dans la liste d'Héméré. Nous voilà donc mis en mesure de combler une lacune dans la série de ces délégués apostoliques en qui l'Université de Paris ne rencontra pas moins d'oppresseurs que de protecteurs. Il faut placer maître Pierre avant Gauthier de Château-Thierry, après Eudes de Châteauroux, qui fut nommé cardinal en 1244. Cette date est précisément confirmée dans un autre poëme de Jean de Garlande, un poëme historique, mystique et souvent apocalyptique, où se lisent ces vers :

Mille ducentenis conjungo decem quater annos
   Virginis a partu, tresque duosque ligo. . . . .
Præsul Guillelmus et cancellarius urbis
   Petrus Parisius dogmata sacra ferunt [1].

Suivant une glose citée par M. Le Clerc [2], ce chancelier s'appelait Pierre Petit, *Petrus Parvus*. Nous trouvons, en effet, un Pierre Petit qualifié de chancelier dans l'obituaire de Notre-Dame, au 22 août : *Obiit magister Petrus, dictus Parvus, cancellarius Parisiensis, de cujus eleemosyna recepimus quadraginta libras Parisiensium* [3]. Héméré n'avait pas été sans remarquer cette mention nécrologique; mais, ne sachant quelle date assigner au chancelier Pierre Petit, il l'avait par conjecture vieilli d'un siècle. Cette erreur est donc deux fois corrigée par Jean de Garlande.

Il y a beaucoup de mauvaises lectures dans l'édition donnée par M. Fr. G. Otto. M. Aug. Scheler en a signalé quelques-unes d'après le nº 546 de Bruges [4].

[1] *De triumphis Ecclesiæ*, p. 127 de l'édit. de M. Wright.

[2] *Histoire littéraire de la France*, t. XXII, p. 94.

[3] Guérard, *Cartul. de Notre-Dame de Paris*, t. IV, p. 134.

[4] Aug. Scheler, *Lexicographie lat. du XIIe et du XIIIe siècle*, 1867, p. 7.

II

GLOSSULÆ CARMINIS DE MYSTERIIS ECCLESIÆ.

Le texte du poëme *Sur les mystères de l'Église* est accompagné dans quelques manuscrits, notamment dans le n° 546 de Bruges, d'annotations interlinéaires et marginales que les bénédictins attribuent sans hésiter à Jean de Garlande. Cette attribution est peut-être fondée. La plupart des écrits de Jean de Garlande nous sont parvenus avec cet accompagnement de gloses, de notes plus ou moins étendues, et, quoiqu'on ne trouve pas ordinairement toutes ces notes, toutes ces gloses dans les diverses copies des mêmes écrits, on peut facilement constater qu'elles ont un fonds commun, ou dérivent, pour employer une autre image, de la même source. Ce qu'il est difficile de découvrir, c'est la source. Les gloses qu'il convient d'attribuer à Jean de Garlande sont probablement les plus longues; on remarque cependant que les plus longues ne se trouvent pas toujours dans les manuscrits les plus anciens.

III

MIRACULA B. MARIÆ VIRGINIS.

L'ouvrage que les bénédictins mentionnent sous ce titre est une façon de poëme en vers dits rhythmiques, composé de cent soixante-dix strophes, de six vers chacune. Voici la première strophe :

> Fecit Deus mirus mirum,
> Dum flos virum, nec per virum,
> Miro partu protulit.
> Fons in rivum est deductus,
> Nectar fundens, siccans luctus
> Quos vir primus intulit.

On en désigne plusieurs exemplaires. Nous venons de citer les vers qui précèdent d'après le n° 546 de Bruges. Ce poëme est-il de Jean de Garlande? Il n'est guère permis d'en douter. Il est, en effet, de son style, et se trouve, dans le manuscrit de Bruges, entre deux autres poëmes qui portent son nom. Ajoutons que les anciens bibliographes s'accordent à témoigner qu'il en est l'auteur. En ce cas, la note suivante, qu'on lit dans le manuscrit de Bruges, est digne de remarque : *Gloriosæ Virginis miracula, a parvitate mea descripta, ab armario S. Genovefæ Parisiensis extracta sunt et a me scholaribus meis Parisinis ritmificata*[1]. On avait conjecturé que Jean de Garlande, après avoir fait ses études en France, y avait professé. Nous avons à produire plus d'un témoignage en faveur de cette conjecture. Voici le premier : l'auteur lui-même nous apprend qu'il a versifié les miracles de la Vierge pour ses écoliers de Paris. Il faut aussi noter les informations qu'il nous donne sur cette bibliothèque où, dit-il, il a trouvé dans un récit en prose toute la matière de son poëme. C'est le plus ancien document que l'on possède sur la bibliothèque de l'abbaye de Sainte-Geneviève, et ce document semble prouver que, dès la première moitié du XIIIe siècle, elle était publique, puisque Jean de Garlande la fréquentait sans être chanoine régulier.

IV

EPITHALAMIUM B. MARIÆ VIRGINIS.

Les bibliographes anglais mentionnent ce poëme d'après un exemplaire manuscrit de la bibliothèque Cottonienne[2], dont tel est, disent-ils, l'*incipit :*

Nobilis erigitur mundi præfecta.....

Nous n'en connaissons pas un autre exemplaire avec le nom de Jean de Garlande; mais il n'est pas douteux qu'il soit l'auteur de cet *Épitha-*

[1] Laude, *Catal. des man. de Bruges*, p. 484. — Scheler, ouvr. cité, p. 13.

[2] M. Th. Wright, introduct. au poëme *De triumphis Ecclesiæ*, p. 7, 12. Voir aussi Thomas Smith, *Catal. bibl. Cotton.*, 1696, in-fol.

lame, car il dit lui-même, dans un autre poëme dont nous parlerons plus loin :

Virgine de sacra sponsalia carmina legi
  Legato Bituris quæ recitata dedi[1].

Le nom du légat ici désigné est Romain Bonaventura, cardinal du titre de Saint-Ange. Il parcourait alors les villes du Languedoc, essayant de les ramener au giron de l'Église romaine; ce que nous rappelons pour prouver qu'il faut traduire *Bituris* par Béziers. Les vers qui précèdent ceux que nous venons de citer nous apprennent que Jean de Garlande composa son *Épithalame de la Vierge* dans la ville de Toulouse, vers l'année 1229. C'est donc un ouvrage de sa jeunesse.

« Alors aussi, dit M. Le Clerc, il fit d'autres poëmes latins, entière-
« ment inconnus jusqu'à présent, sur l'Espérance et la Foi, sur les Actes
« des apôtres, sur saint Pierre, sur saint Georges. Les échantillons
« qu'il en donne ne feront pas regretter le reste[2]. » Nous croyons que M. Le Clerc se trompe, et que ces quatre poëmes, inconnus jusqu'à présent, le seront toujours, n'ayant jamais existé. Jean de Garlande raconte qu'il est venu dans la ville de Toulouse et l'a trouvée pleine d'hérétiques. Tous les bons catholiques s'employant à les combattre, il a fait comme eux; ce qu'il rapporte en ces termes :

Non solum sanctos spreverunt, sed sacra scripta
  Hæretici, quorum serpit ab ore dolus.
De spe deque fide suevi recinere[3] libellum,
  Hinc et apostolica gesta ligata tuli.
Illis exposui quadam brevitate tenorem.
  De sancto fuerat prima pagina Petro . . . . .
Istis expositis, mihi gesta Georgius offert,
  Quæ legi verso margine scripta libri.

[1] *De triumphis Ecclesiæ*, edente Th. Wright, p. 100.

[2] *Hist. litt. de la France*, t. XXII, p. 91.

[3] Nous ne savons si Jean le Camaldule aurait absous cette faute de quantité. Peut-être faut-il lire *retinere* et traduire par : « J'ai fini par apprendre par cœur le traité « de l'Espérance et de la Foi. »

Exemplis volui duros mollire rudesque
Informare, graves flectere voce mea[1].

Voilà, comme il nous semble, le compte rendu plus ou moins poétique d'une leçon ou d'un sermon. L'orateur commence par lire aux gens qui sont venus l'entendre quelques passages d'un écrit qui traite de l'espérance et de la foi. C'est sans doute le traité célèbre, commençant par *De fide et spe quæ in nobis est*, qu'on trouve à la fois inséré parmi les œuvres d'Hildebert et parmi celles du chanoine Hugues de Saint-Victor. Ensuite il leur parle des apôtres et de leur mission, de Pierre d'abord, puis d'André, de Jacques, de Matthieu, enfin de Georges, le martyr, dont il montre la fabuleuse légende écrite au verso d'un feuillet, à la marge. Ainsi nous comprenons les vers cités, et nous n'y trouvons l'indication d'aucun poëme perdu.

Ni l'*Épithalame de la Vierge*, ni ses *Miracles* ne sont mentionnés dans le catalogue publié par le P. Hippolyte Maracci sous le titre de *Polyanthea Mariana*.

V

SUMMA PŒNITENTIÆ.

Cette Somme se divise en deux parties. La première, qui concerne particulièrement le pécheur, commence par :

Pœniteas cito peccator, cum sit miserator
Judex; hæc et sunt quinque tenenda tibi :
Spes veniæ, cor contritum, confessio culpæ,
Pœna satisfaciens et fuga nequitiæ.

La seconde, qui se rapporte au confesseur, par :

Confessor dulcis, affabilis atque benignus,
Sit sapiens, justus, sit mitis compatiensque.

[1] *De triumphis Ecclesiæ*, p. 101, 103 de l'édit. de M. Wright. Nous avons corrigé quelques vers sur une copie moderne qui se trouve dans le numéro 1225 des Nouvelles acquisitions à la Bibliothèque nationale.

Dans les manuscrits, ces deux parties sont ordinairement réunies: quelquefois pourtant elles sont séparées.

On n'en saurait désigner toutes les copies, intégrales ou partielles, du XIIIe, du XIVe et même du XVe siècle; elles sont véritablement innombrables. Cela prouve de reste que ce petit poëme a longtemps passé pour excellent. Mais on n'en connaissait pas sûrement l'auteur, car presque toutes ces copies sont anonymes. Telles sont, par exemple, celles que nous offrent les n°s 8259 et 8317 de la Bibliothèque nationale, 3803, 3827 et 4964 de la bibliothèque impériale de Vienne, 3049, 3781, 4409, 4486, 4701, 5629, 5670, 7065, 7665, 7678, 7683, 7729, 8135, 8884, 11338, 12028, 12632, 14051 et 14062 de la bibliothèque royale de Munich; et nous pourrions en citer beaucoup d'autres semblables. Telles sont aussi les éditions du XVe siècle que mentionne le *Répertoire* de M. Louis Hain. Dans ces éditions (elles sont au nombre de dix) le titre de l'ouvrage est *Libellus Pœniteas cito*, sans aucun nom[1].

Quelques-unes des copies sont, il est vrai, suivies de commentaires, où se trouvent du moins consignés les témoignages de la tradition sur ce point obscur de notre histoire littéraire; mais ces commentaires de toutes mains proposent un si grand nombre d'auteurs différents qu'entre eux le choix n'est pas facile. On lit dans le n° 864 de la bibliothèque de Giessen : *Causa efficiens dicitur fuisse magister Joannes monachus de Sacrobusto, qui composuit illum librum pro informatione hominum*[2]. Dans le n° 797 de la même bibliothèque : *Causa efficiens est Joannes de Gar. vel Joannes Crisostimus. Alii tamen dicunt quod fuit bonus homo elevatus et monachus de ordine beati Bernardi; vel dicitur fuisse Bernardus Silvestris; alii dicunt quod Bonaventura cardinalis*[3]. Dans le n° 798 : *Causa efficiens dicitur esse, secundum aliquos, Joannes de Jamlandia; secundum aliquos dicitur fuisse Silvester papa*[4]. Enfin, dans le n° 8259 de la Bibliothèque nationale : *Causa efficiens*,

[1] L. Hain, *Repertorium*, t. IV, p. 131.

[2] Fr. Guill. Otto, *Comment. in cod. biblioth. Giss.*, p. 88.

[3] Fr. Guill. Otto, *Comment. in cod. biblioth. Giss.*, p. 88.

[4] *Ibid.*

secundum quosdam, dicitur fuisse Joannes de Garlandia, secundum aliquos dicitur fuisse quidam monachus de ordine Cartusiensium, vel, secundum aliquos, dicitur de ordine Cisterciensium[1]. Ainsi, dans l'ignorance de la vérité, l'on a fait beaucoup de conjectures.

Elles ne sont pas toutes également vraisemblables. Il est bien certain que saint Jean Chrysostome, s'il s'agit de lui, ne nous a pas laissé de vers latins, bons ou mauvais. Le pape Silvestre, sans doute Silvestre II, nous en a laissé de très-médiocres; mais le style archaïque de ses vers est sans aucun rapport avec le style, peu correct assurément, mais scolastique et prétentieux, de notre Somme. Saint Bonaventure n'a jamais été poëte qu'en prose, et Jean *de Sacro Busto*, plus souvent nommé *de Sacro Bosco*, Jean Holywood, ne l'a jamais été d'aucune manière. Mais entre Jean de Garlande, Bernard *Silvestris*, c'est-à-dire Bernard de Chartres, le moine chartreux et le moine cistercien, il est certainement permis d'hésiter.

Dans les manuscrits qui ne sont pas anonymes, le nom de Jean de Garlande est le plus fréquent. C'est celui que nous offrent le n° 15159 de la Bibliothèque nationale[2], le n° 438 de Douai, un volume de la bibliothèque de Darmstadt cité par M. Fr. G. Otto[3], et un volume de Thomas Gale, inscrit sous le n° 6100 dans un des fascicules du recueil intitulé *Catalogi manuscript. Angliæ et Hiberniæ*. Le même nom se lit encore, suivant l'auteur du *Catalogue de La Vallière*, dans une ancienne édition que ne mentionne pas le *Répertoire* de M. Hain[4]. Cependant un manuscrit qui paraît de très-bonne date, le n° 9572 de Munich, attribue le même ouvrage à certain maître Thomas. Quel est ce maître Thomas? Nous connaissons un écrit intitulé, comme celui-ci, *Summa pœnitentiæ*, dont l'auteur est, en effet, maître Thomas de Cabham, sous-doyen de Salisbury[5]; mais c'est un écrit en prose,

[1] Fol. 193, verso.

[2] Désigné par M. Le Clerc sous le numero 613 de Saint-Victor. *Hist. littér. de la France*, t. XXII, p. 98.

[3] Fr. G. Otto, *Comment. ad cod. bibl. Giss.*, p. 89.

[4] *Hist. littér. de la France*, t. XXII, p. 98.

[5] *Notice sur un Pénitentiel attribué à Jean de Salisbury*, dans le t. XXIV, 2ᵉ part. des *Notices et extraits des Manuscrits*.

qui n'a pas le moindre rapport avec notre poëme. Les a-t-on néanmoins confondus? L'âge indiqué du manuscrit de Munich ne permet guère de croire à cette confusion. C'est pourquoi le nom de ce maître Thomas augmente encore notre incertitude.

Si Jean de Garlande est vraiment l'auteur du poëme, il faut lui savoir gré d'y avoir donné cette leçon aux confesseurs :

Confessor dulcis, affabilis atque benignus,
Sit sapiens, justus, sit mitis compatiensque;
Ut crimen proprium celet peccata reorum;
Sit piger ad pœnas, sit velox ad miserandum
Et doleat quotiens facit illum culpa ferocem;
Infundat mulcens oleum vinumque flagellans,
Nunc virgam patris, nunc præbeat ubera matris;
Sibilet et cantet, stimulet, cum cogat, oportet.
In primis quærat contritus quomodo credat;
Si credat corde sane, fateatur et ore.
Post hæc rimetur peccantis vulnera caute.
Contra naturam culpam non exprimat ullam,
Ne super enormi si simplex conveniatur,
De quo non scivit, ad agendum commoveatur.

Assurément ces vers ne sont pas bons; mais les conseils qu'on y trouve sont excellents, et dans beaucoup d'autres pénitentiels, anciens ou modernes, on ne les retrouve pas.

VI

MORALE SCHOLARIUM.

Voici comment s'exprime sur cet ouvrage dom Rivet ou son collaborateur : « Un écrit intitulé *Morale scholarium*, qui est apparemment « un recueil d'avis ou instructions aux jeunes gens pour les former « aux bonnes mœurs. Il ne paraît pas qu'on ait sujet de douter que ce « ne soit le même écrit qui se trouve dans la bibliothèque du Vatican, « entre les manuscrits de la reine de Suède, sous le titre de *Distichon*

« *morale*, parce qu'apparemment il est en vers et par distiques[1]. » Le critique semble ici confondre le *Morale scholarium*, poëme en vers hexamètres, rimés deux à deux, qu'on aurait pu très-bien pour cette raison intituler *Distichon*, avec un autre poëme d'un genre tout différent et bien plus célèbre, dont nous avons de nombreuses copies, sous ces titres : *Distichium, Distigium.* Cependant, quelques pages plus loin, le même critique différencie les deux poëmes, mentionnant le *Distigium* sous le n° 10 des ouvrages attribués à Jean de Garlande, après avoir mentionné le *Morale scholarium* sous le n° 6. Ayant sans doute remarqué cette contradiction, M. Le Clerc reproche au critique de n'avoir pas été suffisamment convaincu que les deux titres ont été donnés au même ouvrage. Ainsi s'exprime M. Le Clerc : « Pour peu que dom « Rivet eût consulté les divers textes ou même les seuls titres des ma- « nuscrits, il aurait pu vérifier un fait dont il se doutait seulement, c'est- « à-dire que le *Distichium* est le même ouvrage que le *Scholarium mo- « rale*[2]. » Eh bien, les textes et les titres, les titres des manuscrits sinon ceux des catalogues, s'accordent à démentir ici M. Le Clerc. Dom Rivet s'est trompé quand il a confondu les deux ouvrages, non pas quand il les a distingués. Nous parlerons plus loin du *Distigium*. Il suffit d'en citer ici les premiers vers :

Cespitat in phaleris ypus blactaque supinus
Glossa velut temeto labat hemus infatuato.

Et voici le début du *Scholarium morale*. D'abord une préface, commençant par : *Humiles in spineto miricæ, sicut in arcolis aromatum rosaria, flosculos habent salubres*. Ensuite les vers, qu'on lit ainsi :

Scribo novam satyram, sed sic ne seminet iram,
Iram deliram, lethali vulnere diram.
Nullus dente mali lacerabitur in speciali,
Imo metro tali ludet stylus in generali.
Hoc complectaris carmen morale, scholaris,
Ne confundaris, sed ut inclitus efficiaris.

[1] *Histoire littér. de la France*, t. VIII, p. 87.

[2] *Histoire littér. de la France*, t. XXII, p. 101.

Les premiers vers du *Scholarium* et du *Distigium* se ressemblent en ce qu'ils ne sont pas moins mauvais les uns que les autres. Cela est évident. Divers commentateurs ajoutent qu'on y trouve le même fonds de morale. Sur ce point nous n'avons pas l'intention de les contredire; cependant nous devons faire remarquer que les matières des deux poëmes diffèrent autant que les titres. Le *Distigium* est un livre de classe, qui nous offre une série de mots barbares dont l'explication nullement facile est mise par l'auteur à la charge d'autres pédants. Le *Scholarium* est un cours de savoir-vivre à l'usage de la jeunesse autrefois turbulente, mal polie, des écoles de Paris.

Nous regrettons beaucoup de n'avoir pu découvrir, dans les bibliothèques de Paris, aucun exemplaire de cet ouvrage inédit, et de n'en pouvoir parler que d'après le catalogue de la bibliothèque de Bruges, où il se trouve dans un précieux recueil, sous le n° 546 [1]. En nous donnant les titres des chapitres qui le composent, l'auteur du catalogue nous fait supposer qu'il contient des renseignements dignes d'être recueillis.

VII

FACETUS.

Il y a deux poëmes intitulés *Facetus.* Au titre de l'un et de l'autre, *Facetus* veut dire, non pas le badin, le facétieux, mais l'honnête homme, le galant homme, qui mène une vie régulière, connaît et pratique les usages de la bonne compagnie. Dans un glossaire anonyme que contient le n° 16671 de la Bibliothèque nationale [2], *facetus* est donné comme synonyme de *curialis*, et nous lisons dans le *Glossaire* de Ducange, au mot *facetus : Herbertus quosdam canonicorum, qui sibi minus urbani minusque faceti videbantur, ab ecclesia Constantiensi radicitus, tanquam illiteratos et inutiles, extrudit.* Nos deux poëmes sont,

[1] Laude, *Catalogue des manuscrits de la bibliothèque de Bruges*, p. 480. — Scheler, ouvr. cité, p. 3. — [2] Fol. 33.

d'ailleurs, très-faciles à distinguer l'un de l'autre. Celui que nous désignerons le premier commence par :

Moribus et vita quisquis vult esse facetus
  Me legat et discat quæ mea musa notat;
Clericus et laicus, senior, puer atque juvencus
  Istic instruitur, miles et ipse pedes.

Le second commence par :

Cum nihil utilius humanæ credo saluti
Quam rerum novisse modos et moribus uti,
Quod minus exequitur morosi dogma Catonis
Supplebo pro posse meo, monitu rationis.
Adsint ergo rudes sitientes pocula morum,
Hic fontem poterunt haurire leporis odorum;
Hic quoque cum fructu parit hortulus undique flores
Ex quibus indocti poterunt excerpere mores.

Enfin un troisième poëme, que les manuscrits intitulent *Fayfacetus* ou *Fagifacetus*, et qui est également un manuel de discipline mondaine, commence par :

Res rerum natura parens ita concipit omnes
Et parit, ut natæ potuque ciboque diatim
Indigeant pascique velint. . .

Nous pouvons citer cinq exemplaires du premier : dans un volume de la bibliothèque impériale de Vienne que M. Endlicher mentionne sous le n° 303[1], dans les n°s 4146, 4409 et 7698 de la bibliothèque royale de Munich, et dans le n° 8426, folio 72, de notre Bibliothèque nationale. Quel en est l'auteur? On suppose qu'il se désigne, à la fin du poëme, par le nom de son pays natal :

Qui volet ex dictis propriam sibi ducere vitam
  Narrugena dictus vate facetus erit.

C'est une supposition confirmée par le copiste de notre n° 8426, qui fait suivre ces vers des mots *Explicit Narrugena*. Cependant il n'est

[1] Endlicher, *Catal. cod. philolog. Vindob.*, p. 160.

pas facile de deviner quel est ce *vates Narrugena*. La copie de Vienne nous offre pour variante :

Aurigena dictus voce facetus erit;

mais cela n'est pas moins obscur. Peut-être faut-il lire *Narnigena*. En tout cas, l'auteur de ce poëme n'est pas Jean de Garlande, qui s'est nommé plus clairement quand il a cru devoir se nommer, et qui, d'ailleurs, n'a jamais écrit de vers aussi faciles, aussi corrects que ceux du Narrugène.

Les bénédictins n'ont pas connu ce premier *Facetus*, et ils ont confondu le second avec le *Fayfacetus* qui leur avait été signalé par Sanders dans un manuscrit de l'abbaye des Dunes. En citant les premiers vers de l'un et de l'autre, nous avons montré qu'ils n'auraient pas dû les confondre. Tout à fait différent des deux *Facetus*, le *Fayfacetus* ou *Fagifacetus* nous est bien connu. Nous le retrouvons d'abord dans l'ancien manuscrit de l'abbaye des Dunes, que conserve aujourd'hui la bibliothèque de Bruges, sous le nº 548 [1]. Il existe encore à la bibliothèque royale de Munich, sous les nºˢ 4413 et 11348 des manuscrits latins. Il a même été, dit-on, imprimé, en l'année 1834, par M. Eichstädt dans son *Programma univers. Jenensis* [2]. L'auteur de ce poëme s'appelle Reinier. On n'en peut douter, car les quinze premières lettres des quinze premiers vers forment ces mots : *Reinerus me fecit*. Les bénédictins n'étaient pas informés de cette particularité. On leur concédera toutefois qu'il ne s'agit pas ici de Reinier, moine de Saint-Laurent de Liége. Suivant un ancien commentateur, qui semble mériter quelque confiance, l'auteur du *Fayfacetus* serait un Allemand [3].

Ces distinctions faites, parlons maintenant du second *Facetus*, commençant par :

Cum nihil utilius humanæ credo saluti,

dont les bénédictins désignent une copie sous le nom de Jean de Gar-

¹ Laude, *Catal. des man. de la biblioth. de Bruges*, p. 448.

² Fr. Otto, *Comm. in cod. bibl. Giss.*, p. 96.

³ Laude, *Catalogue* cité, p. 491.

lande, conservée, disent-ils, à l'abbaye de Saint-Victor. Nous connaissons bien d'autres copies de ce poëme, aussi mal composé que mal écrit. Longtemps il a couru dans toutes les mains, comme un chef-d'œuvre, et quelques vers en ont été si fréquemment cités qu'on semble l'avoir appris par cœur, sur les bancs de l'école, comme plus tard les quatrains de Pibrac. A quel point on a longtemps manqué du sens littéraire! Quoi qu'il en soit, ce poëme est sans nom d'auteur dans le n° 4066 de la bibliothèque impériale de Vienne, dans les n°s 3131 et 4146 de la bibliothèque royale de Munich, ainsi que dans les n°s 8246 et 8426, folio 118, de notre Bibliothèque nationale. Les anciens catalogues d'Angleterre en désignent un exemplaire pareillement anonyme dans la bibliothèque de Thomas Gale. Ainsi tous les manuscrits ne l'attribuent pas à Jean de Garlande, comme celui de Saint-Victor. Voici l'énigme d'où l'on a tiré son nom. Notre plus ancienne copie du second *Facetus* se rencontre dans le n° 8207, folio 12, de la Bibliothèque nationale. Elle est du XIIIe siècle; nous la devons à un contemporain de Jean de Garlande. Eh bien, cette copie ne le nomme pas non plus; mais on lit à la fin : *Explicit doctrina magistri Joannis Faceti.* Voilà l'énigme.

C'est au XVe siècle qu'on a, pour la première fois, tenté de la deviner. Le volume vu par les bénédictins à l'abbaye de Saint-Victor est inscrit aujourd'hui, sous le n° 15160, parmi les manuscrits latins de la Bibliothèque nationale. La copie de notre second *Facetus* y porte, en effet, le nom de Jean de Garlande, mais c'est une copie du XVe siècle. Parmi les Jean connus pour avoir fait des vers, le scribe aura choisi Jean de Garlande, assurément un des plus célèbres, et l'aura gratifié de ce poëme banal avec la liberté que les scribes s'attribuaient en ce temps-là. Ainsi le titre du n° 8207, *Doctrina magistri Joannis Faceti*, est devenu, dans le n° 15160, *Facetia Joannis de Gallandia.* Dans un manuscrit de même date que conserve la bibliothèque de Rouen, O, 11, 31, nous trouvons aussi le nom de Jean de Garlande : *Liber nuncupatus Facetus, a mag. Johanne de Gallandia compositus.* Le style de ce titre en trahit la date récente.

Mais cette attribution ne fut pas généralement admise. M. Hain et M. Brunet mentionnent seize éditions du même *Facetus*, publiées vers la fin du XVe siècle, à Lyon, à Cologne, à Angoulême, à Deventer, dans un recueil de huit poëmes dont l'objet commun est de prêcher la plus saine morale [1]. Nous n'avons pu voir toutes ces éditions, dont les exemplaires sont très-rares; mais aucune de celles qu'on a mises sous nos yeux ne nomme l'auteur Jean de Garlande. Elles ont pour simple titre *Facetus*, et dans un commentaire étendu, qui précède ou suit le texte, il est dit que ce titre déclare le nom de l'auteur, certain maître *Facetus*, qui professait à Paris en des temps reculés [2]. Assurément il ne faut pas s'en tenir à cette assertion naïve; mais, puisqu'elle n'a pas été sur-le-champ démentie, puisque divers éditeurs l'ont au contraire, avec la même crédulité, successivement reproduite, il nous est ainsi prouvé que l'attribution de l'ouvrage à Jean de Garlande n'a pas eu, même au XVe siècle, le moindre succès. Elle ne méritait pas, on va le voir, une meilleure fortune.

L'habile main du XIIIe siècle à qui nous devons le texte conservé dans le n° 8207 de la Bibliothèque nationale, a joint à ce texte de rares et courtes gloses, parmi lesquelles nous lisons celle-ci, fol. 14, au vers 92 : *Quidam libri habent istos duos versus :*

> Rusticus est vere qui turpia de muliere
> Dicit, nam vere sumus omnes de muliere;

sed non sunt compositi ab actore. Ainsi, le témoignage en est formel, on avait déjà, vers le milieu du XIIIe siècle, d'anciennes copies de l'ouvrage, et quelques-unes de ces copies contenaient des vers interpolés. Cela semble beaucoup reculer la date du texte primitif. Il est, en effet, antérieur au XIIIe siècle. La preuve en est fournie par Ducange, qui nous atteste avoir lu dans les *Derivationes* d'Hugution des passages de

[1] Le titre commun de ces recueils est : *Auctores octo, continentes libros videlicet Cathonem, Facetum, Theodolum, De contemptu mundi, Floretum, etc*, etc.

[2] « Causa efficiens fuit quidam regens « Parisiensis, qui, ut dicitur, nominabatur *Facetus*. » Glose de l'édition de l'année 1494, in-4°.

ce *Facetus* qui fut si souvent imprimé au XVe, au XVIe siècle, avec l'*Églogue* de Theodolus et divers autres poëmes moraux [1]. Si donc l'auteur de ce *Facetus* s'est vraiment appelé Jean, ce Jean n'est pas évidemment Jean de Garlande, qui mourut un demi-siècle après Hugution.

VIII

DE CONTEMPTU MUNDI.

Voici le début de ce poëme, quelquefois intitulé : *Liber de vanitate mundi et appetitu æternæ vitæ :*

> Chartula nostra tibi mandat [2], dilecte [3], salutes.
> Plura videbis ibi, si non hæc dona refutes;

et il est attribué par les bénédictins à Jean de Garlande pour trois raisons que nous allons successivement exposer.

On y reconnaît aussitôt, disent-ils, l'auteur du *Facetus*. Les deux poëmes ne semblent même divisés que par une pause artificielle. D'abord « c'est une personne d'une piété aussi solide qu'éclairée qui « parle dans l'un et dans l'autre, » ensuite, « c'est le même génie de « versification qui y règne. » Enfin le nom de Jean de Garlande se lit en tête du second poëme dans un exemplaire que possède l'abbaye de Saint-Bénigne, à Dijon.

Les deux premières de ces raisons ne semblent pas convaincantes. En effet les personnes d'une piété solide, éclairée, n'étaient pas rares au XIIe, au XIIIe siècle, et les mauvais poëtes ne l'étaient pas non plus. C'est pourquoi nous ne ferons pas emploi de ces raisons. Nous en pourrions conclure que Jean de Garlande, n'étant pas l'auteur du *Facetus*, ne l'est pas non plus du poëme semblable, le *De contemptu mundi.* Mais nous espérons mieux justifier la même conclusion.

La troisième raison alléguée par les bénédictins est ce manuscrit de Saint-Bénigne qui porte le nom de Jean de Garlande. On nous en si-

[1] Ducange, *Glossarium. Index auctorum*, au mot *Facetus*.

[2] En d'autres manuscrits, *mittit, portat.*

[3] Ailleurs, *Rainalde.*

gnale un autre avec le même nom dans un recueil de la bibliothèque de Leyde, sous le nº 360[1]. Cependant cette troisième raison ne vaut guère mieux que les deux premières. Le *De contemptu mundi* dont nous parlons ici fut un ouvrage longtemps estimé; il en existe bien d'autres copies que celles de Saint-Bénigne et de Leyde, et le même nom ne s'y trouve pas. Il est sans aucun nom dans les nºs 8491 et 15160 de la Bibliothèque nationale, 547 de Bruges, 633 de Troyes, 4548 et 4924 de Vienne, 4146 et 7740 de Munich. Il est sous le nom du pape Damase dans le nº 8207 de la Bibliothèque nationale, manuscrit du XIIIe siècle, dont le copiste a, dit-il, lu ce titre dans un volume plus ancien : *Liber Damasippi papæ incipit.* Il est enfin sous le nom d'un certain Bernard, sans complément, dans les nos 64 de Giessen, 4409, 4413, 7698 et 11804 de Munich. Ainsi l'indication fournie par les manuscrits de Leyde et de Saint-Bénigne est une preuve contredite par d'autres preuves qui n'ont pas, comme il semble, moins d'autorité.

Est-il permis de faire un choix parmi ces attributions diverses?

Le copiste de notre numéro 8207 croit très-fermement à son pape Damase. Au fol. 27, vº, du même volume, dans une note de sa main sur l'*Amphitryon*, nous lisons : *Damasippus papa, in Contemptu mundi :*

Mors resecat, mors omne necat quodcumque creatur;
Magnificos premit et modicos, cunctis dominatur.

Cependant nous ne saurions adhérer à cette attribution. Le pape Damase est un poëte médiocre, mais correct; nous voulons dire scrupuleux observateur des règles de l'ancienne métrique; il ne fait ni vers léonins, ni vers rimés deux par deux à la finale, ni vers sans césure dont les cinq premiers pieds n'offrent qu'une succession de dactyles. Ce sont là des tours de force très-disgracieux auxquels il ne s'exerce pas. Évidemment le *De contemptu mundi* n'est ni du pape Damase, ni d'aucun poëte de son temps.

Il n'est pas non plus de Jean de Garlande. Ce professeur de gram-

[1] *Hist. littér. de la France*, t. XXII, p. 950.

maire était certainement dévot. Nous en faisons la remarque, car il paraît bien que la dévotion n'était pas commune, en ce temps-là, chez les professeurs de grammaire. Quelques-uns même affectaient volontiers des sentiments contraires, comme, par exemple, le célèbre Serlon, dans ces vers d'une étrange sincérité :

Dum fero languorem, fero relligionis amorem;
Expers languoris non sum memor hujus amoris [1].

Un tout autre amour occupait l'esprit de Serlon lorsqu'il n'était pas en cet état de langueur. Il nous le déclare aussi franchement :

Pronus erat Veneri Naso, sed ego mage pronus;
Pronus erat Gallus, sed mage pronus ego.
Nasoni, Gallo placuere Corinna, Lycoris,
Quamque mihi................ [2].

Mais Jean de Garlande n'avait pas cette humeur galante. Il parle de la religion et des femmes sur un ton bien différent. Dans quelques distiques conservés par Richard de Fournival, il définit l'amour des femmes une douce mais énervante folie :

Dicam quid sit amor. Amor est insania mentis,
Ardor inestinus [3], insatiata fames,
Dulce malum, bona dulcedo, gratissimus error,
Absque quiete labor, absque labore quies [4];

et, pour ce qui regarde la religion, nous le verrons la défendre avec zèle dans son grand poëme *Sur les triomphes de l'Église*. C'était donc vraiment un dévot; mais ce n'était pas un ascète, comme l'auteur du *De contemptu mundi*. Jean de Garlande vivait dans le monde, et, s'il n'y trouvait pas tout louable, il ne le méprisait pas avec tant d'âpreté. Ce poëme est d'un religieux morose. En terminant, il dit à l'ami mondain dont il s'est proposé de régler la vie :

Accipe scriptorum, frater, documenta meorum,
Quæ tibi monstravi, quæ dulciter insinuavi;

[1] Man. lat. de la Biblioth. nat., n° 6765, fol. 60, col. 1.

[2] *Ibid.*, fol. 59, verso, col. 2.

[3] Sans doute *inextinctus*.

[4] *Romania*, année 1875, p. 384.

mais ce mot *dulciter* n'est pas exact; le propre de notre moraliste n'est pas la douceur, c'est bien plutôt la véhémence. Or, c'est précisément cette vigueur de style qui manque à Jean de Garlande. Il est toujours modéré, mais toujours banal.

Le pape Damase et Jean de Garlande également écartés, reste Bernard, désigné par le plus grand nombre des copies qui ne sont pas anonymes. Quel est ce Bernard? Il aurait été bien extraordinaire qu'on ne mît pas au compte de l'illustre abbé de Clairvaux un ouvrage si goûté, si vanté. Il se trouve, en effet, sous son nom dans quelques manuscrits sur lesquels nous avons des informations incomplètes, et sous son nom il a été maintes fois publié dans ces recueils du XVe, du XVIe siècle où se trouve, comme on l'a dit, le *Facetus*. On lit dans une glose jointe à ces éditions : *Causa efficiens; communiter tenetur quod beatus Bernardus, qui erat monachus albus et erat multum juvenis.... fecit istum librum.* C'est encore sous le nom de saint Bernard que le P. Poussine l'a remis au jour en l'année 1663, le croyant inédit. Cependant le docte et scrupuleux Mabillon ne l'a pas reproduit dans son édition de saint Bernard comme une pièce authentique; il s'est même efforcé de prouver que cet abbé rigide, presque aussi dur pour lui-même que pour les autres, s'était fait un devoir en quittant le siècle de renoncer à la poésie. Quoi qu'il en soit, dès l'année 1610, Einhard Lubin avait publié notre poëme, à Rostoch, sous le nom d'un autre Bernard, Bernard de Morlas, religieux de Cluni, et cette attribution, bien accueillie par Fabricius[1], n'a plus été contredite. Nous remarquons, en effet, qu'après avoir amplement discouru sur ce poëme dans leur notice sur Jean de Garlande, les bénédictins en ont parlé de nouveau dans leur notice sur Bernard de Morlas[2]. Ils l'ont ainsi deux fois cité, deux fois loué, sous les noms de deux auteurs différents.

Est-il vraiment de Bernard de Morlas? Nous avons sous le même titre, *De contemptu mundi*, un autre poëme dont ce religieux est l'auteur incontesté. Or dans la préface de ce poëme, écrit tout entier en hexa-

[1] *Biblioth. med. et inf. ætat.*, t. I, p. 232. — [2] *Hist. littér. de la France*, t. XII, p. 240.

mètres léonins, dont les cinq premiers pieds sont dactyliques, sans aucun mélange de spondées, nous lisons ce passage très-curieux : *Id genus metri, tum dactylum continuum, exceptis finalibus, trocheo vel spondeo, tum etiam sonoritatem leoninam servans, ob sui difficultatem jam pene, ne dicam penitus, obsolevit. Denique Hildebertus de Lavardino, qui ob scientiæ prærogativam prius in episcopum, posterius in metropolitanum promotus est, Wichardus, Lugdunensis canonicus, versificatores præstantissimi, quam pauca in hoc contulerunt palam est. Quorum Hildebertus, dum illam beatam peccatricem Mariam, loquor Ægyptiacam, hexametris commendaret, hoc metro tantum quatuor coloravit versus, Wichardus vero plus minus triginta in sua contra quosdam satyra*[1]. Ainsi peu de poëtes connus de Bernard avaient essayé de faire des vers hexamètres léonins dont le sixième pied fût seul un spondée ou un trochée; on citait quatre de ces vers composés par Hildebert de Lavardin, et trente par Wichard ou Guichard, chanoine de Lyon; mais on n'en citait pas d'autres. Eh bien! on rencontre toute une série de vers semblables dans le poëme attribué tour à tour au pape Damase, à saint Bernard, à Bernard de Morlas, enfin à Jean de Garlande. En voici quelques-uns :

Pauper amabilis et venerabilis est benedictus.
Dives inutilis et miserabilis et maledictus,
Qui bona negligit et mala diligit, intrat abyssum.
Nulla pecunia, nulla potentia liberat ipsum.
Irremeabilis, insatiabilis illa vorago;
Hic ubi mergitur horrida cernitur omnis imago.
Hæc cruciamina per sua crimina promeruere
Vir miserabilis Evaque flebilis et subiere.
Jussa Dei pia, jussa salubria si tenuissent,
Vir neque femina, nec sua semina, morte perîssent[2].....

Ces vers d'une facture déplaisante, mais assurément originale, ressemblent tout à fait à ceux dont Bernard de Morlas s'est lui-même déclaré l'auteur dans la préface que nous avons citée. L'attribution d'Ein-

[1] Biblioth. nat., man. lat., n° 8433, f. 89, verso.

[2] N° 8207 de la Biblioth. nat., fol. 21.

hard Lubin paraît donc la mieux fondée. Nous ne la disons pas certaine; le hasard peut faire rencontrer des arguments pour la combattre. Ce que nous tenons pour certain, c'est que les deux manuscrits de Saint-Bénigne et de Leyde donnent faussement à Jean de Garlande l'ouvrage d'un poëte qui vécut près d'un siècle avant lui.

IX

FLORETUS.

C'est encore un poëme, dont quelques exemplaires, imprimés[1] ou manuscrits[2], commencent par :

> Hic liber extractus de pluribus est vocitatus
> Recte Floretus. . . . . ;

mais ce sont des exemplaires auxquels manquent les deux premiers vers. Ceux qui sont complets commencent ainsi :

> Nomine Floretus liber incipit, ad bona cœptus;
> Semper erit tutus ejus documenta secutus.
> Hic liber extractus de pluribus est vocitatus
> Recte Floretus, quia flos est inde receptus,
> Et breviter textus flagrat virtute repletus.

Ce poëme, de onze cent soixante vers rimés et léonins, n'a pas eu moins de succès que les deux précédents. Très-souvent copié du XIIIe au XVe siècle, il a eu l'honneur d'être commenté par le grave Jean de Gerson, et d'être mis en vers français par un habile homme qui rimait avec autant d'élégance que de facilité. Il y a deux éditions de cette traduction française[3]. Celles de l'original latin sont bien plus nombreuses. Mais nous n'avons pas à les faire connaître; elles ont été mentionnées par les bénédictins.

Il est vrai que ces éditions ont, pour la plupart, un commentaire qui donne l'ouvrage à saint Bernard; mais voici le raisonnement que

[1] In-4°, sans indication de lieu ni de date. Biblioth. nat., Y, 782. Réserve.

[2] Biblioth. nat., n° 8303, fol. 25.

[3] Rennes, 1485, in-4°; et sans titre, sans lieu ni date, in-8°. Voir Brunet, *Manuel du libraire.*

font les bénédictins pour le restituer à Jean de Garlande : « Le sco-« liaste du poëme précédent juge que celui qui porte le titre de *Flo-« retus*, ou *Liber Floreti,* appartient au même poëte, et son jugement « est aussi juste que bien fondé. Non-seulement on y découvre tous les « caractères de l'auteur du poëme *Sur le mépris du monde*, sa piété, sa « lumière, son érudition, son zèle à instruire, mais aussi tout le génie « de sa versification. Il est vrai que le scoliaste et tous les éditeurs du « poëme, qui sont en grand nombre, l'attribuent à saint Bernard; « mais les raisons déjà données pour lui refuser le poëme *Du mépris du « monde* ne permettent pas non plus de lui donner celui-ci. » Ainsi raisonnent les bénédictins. Voici trois poëmes dont l'objet commun est de recommander la morale chrétienne, et l'avis d'un scoliaste est que les deux derniers pourraient bien être du même auteur, étant également pieux et n'étant pas plus conformes l'un que l'autre aux règles dictées, observées par les anciens. Pourquoi donc ne pas attribuer ces deux derniers poëmes à l'auteur du premier, qui, sans contredit, a les mêmes caractères de versification et de piété? Or on connaît par un manuscrit de Saint-Bénigne l'auteur du premier de ces trois poëmes, le *Facetus;* c'est Jean de Garlande. Donc Jean de Garlande sera l'auteur probable des trois. Qu'il faut, en ces matières, se défier du syllogisme!

Notre Bibliothèque nationale possède cinq exemplaires du *Floretus*, sous les n°s 8303, 8429 (A), 8435, 15105 et 15160; ils sont tous anonymes. Nous en trouvons six autres exemplaires, également anonymes : dans la bibliothèque royale de Munich, sous les n°s 4241, 4409, 7065 et 11722; dans la bibliothèque de Giessen sous le n° 699 et dans celle de Metz sous le n° 647. Un seul, du xve siècle, dans le n° 547 de Bruges, paraît attribuer ce poëme à Jean de Garlande. C'est l'enregistrement d'une conjecture. On lit, en effet, dans une glose jointe au manuscrit de Giessen, que, suivant quelques personnes, le *Floretus* est de saint Bonaventure; suivant d'autres, de Jean de Garlande[1].

[1] Fr. Guill. Otto, *Comment.* cité, p. 84.

A ces deux auteurs présumés il faut ajouter, comme on l'a dit, saint Bernard. A saint Bernard, pendant quelque temps, tout le monde se rallie; il ne s'agit plus ni de saint Bonaventure ni de Jean de Garlande; ils paraissent oubliés. Mais avant d'être suspect à Mabillon, saint Bernard l'est à Gérard Jean Vossius. Ce prudent critique préfère supposer qu'un poëte quelconque a tiré des œuvres de saint Bernard la matière de ces rimes, ce bouquet de fleurs, *Floretus*[1]. Enfin, suivant un autre scoliaste, bien des gens pensent que l'auteur d'un si beau poëme est le pape Clément, sans doute l'antipape Clément III, Guibert de Parme, qui, dit-on, a fait deux vers malins contre son compétiteur Urbain II. Cependant notre scoliaste ne souscrit pas volontiers à cette attribution; il croirait plutôt que l'ouvrage est d'un certain Clément, bon homme assurément, mais non pape : *Causa efficiens fuit bonus vir qui vocabatur Clemens*[2].

Toutes ces conjectures sont du XVe siècle et les unes valent les autres. Pour conclure, aucune indication ne nous étant fournie par les plus anciens manuscrits, il faut se résigner à ne pas savoir quel est le véritable auteur du *Floretus*.

X

DISTIGIUM.

Les bénédictins ont mentionné l'écrit qui porte ce titre d'après Jean Pits et les centuriateurs de Magdebourg; mais ils ne l'ont, disent-ils, jamais vu. Cela prouve qu'ils l'ont mal cherché. Que cela, du moins, les excuse de ne l'avoir pas mieux fait connaître.

C'est un petit poëme, composé non pas de distiques, ainsi que le prétendent les bénédictins, mais de quarante-deux vers hexamètres, groupés deux à deux, où s'enchevêtrent, comme l'exige la mesure, des mots latins inusités et des mots grecs latinisés, pour servir de matière à des interprétations historiques, mythologiques, surtout grammaticales. L'ensemble du poëme ne paraît pas avoir de sens, et il n'est pas

[1] Vossius, *De poetis lat.*, p. 73. — [2] Biblioth. nat., n° 1429 (A) fol 41.

toujours facile de deviner ce que signifie chaque groupe de deux vers. Voici les premiers :

> Cespitat in phaleris ypus blactaque supinus,
> Glossa velut temeto labat hemus infatuato.
>
> Qui calus in praxi simul est et pisticus hemo,
> Illius oda placet qui recte theologizat.
>
> Qui cupide servas hypogeum gazophylacis,
> Tardus ad uranici scandes algamata cœli.

En publiant ce poëme, d'après un assez mauvais texte, dans son recueil intitulé *A volume of vocabularies*, p. 175-177[1], M. Thomas Wright n'en a pas désigné l'auteur. Il l'a tiré sans doute d'un manuscrit anonyme, tel que les n°s 3630, 8317, 8320 de la Bibliothèque nationale. Mais il porte le nom de Cornutus dans les n°s 8207 et 15037 de la même bibliothèque, ainsi que dans les n°s 4390, 7678, 7762, 14254, 14258 et 14973 de la bibliothèque royale de Munich. Est-ce le nom véritable ou le nom supposé de l'auteur?

Suivant quelques glossateurs, c'est le nom véritable. En tête du plus ancien exemplaire que nous ayons rencontré, dans le n° 8207 de la Bibliothèque nationale, nous lisons : *Titulus talis est : Incipit Distigium magistri Cornuti... Actor tangitur in titulo, scilicet Cornutus, qui multos libros prosaïce dicitur composuisse, sed tandem metrice hunc composuit, quem præventus morte non terminavit, sed quadraginta duos versus solum composuit.* Ce Cornutus, qui nous a laissé tant d'ouvrages en prose, mais un seul en vers, le *Distigium*, c'est, on n'en peut douter, le scoliaste de Perse et de Juvénal. L'assertion est positive; mais est-elle fondée? Elle aurait, du moins, quelque apparence de l'être, si la critique avait admis la supposition hardie de M. Otto Jahn touchant l'auteur des scolies. En raison des fautes grossières qu'on a depuis longtemps signalées dans ces notes continues, M. Otto Jahn s'est persuadé qu'elles sont d'un moderne, d'un Cornutus ignoré, qui professait,

[1] Le dernier vers de notre poëme est : Archimandrita sit cælebs eusebiusque. La suite des vers appartient à un poëme tout différent.

au moyen âge, dans les écoles de Paris. Mais cette opinion ne s'est pas accréditée; on a prouvé contre M. Otto Jahn que l'auteur de ces notes se montre, se déclare en mainte occasion un païen, un ancien, et que les erreurs, on dit même les inepties, *indocta multa et inepta*, qui s'y rencontrent sont imputables à des copistes d'un âge très-postérieur. Tel avait été le sentiment d'Élie Vinet, le premier éditeur des gloses sur Perse, et M. Osann l'a, de nos jours, pleinement justifié[1]. Si donc il est suffisamment prouvé que les scolies sur Juvénal et sur Perse sont d'un Cornutus authentique, lettré comme on l'était à Rome avant l'invasion des Barbares, ce Cornutus n'est pas l'auteur du *Distigium*. L'auteur du *Distigium* est, en effet, un chrétien et un poëte qu'auraient bafoué tous les écoliers au temps où vivait son homonyme.

Le *Distigium* est évidemment du XIIe ou du XIIIe siècle. C'est ce qu'a reconnu Luc Wadding, qui n'a pas craint de l'attribuer au plus illustre docteur de sa robe, Alexandre de Halès. Sur cette attribution M. Daunou ne s'explique pas; il n'hésite pas moins à la confirmer qu'à la contredire[2]. Elle est tout à fait arbitraire. Il est vrai que plusieurs manuscrits imputent au premier maître des franciscains un poëme du même genre qu'ils intitulent *Exoticon* ou *De verbis exoticis;* mais ce poëme, que l'on rencontre dans le n° 136 du collége Caio-Gonville, à Cambridge, n'est aucunement le *Distigium*. M. Daunou trouve les premiers mots du *Distigium* inintelligibles. Ceux de l'*Exoticon* ne sont pas moins obscurs : *Chere, theoren quem gignos cratis*[3] *andro phalando*. Les deux poëmes ont plus d'un trait commun; mais ce sont deux poëmes. Si, d'ailleurs, on a des copies de l'*Exotixon* qui portent justement, faussement (c'est affaire à voir), le nom d'Alexandre de Halès, le *Distigium* ne paraît avoir été copié par aucune main sous ce nom vénéré. Tous les manuscrits qui ne sont pas anonymes l'attribuent à Jean de Garlande. Ainsi le nom de Jean de Garlande nous est offert par les n°s 7679, 8226 et 8426 de la Bibliothèque nationale, les

[1] Voir son Introduction au traité d'Annæus Cornutus, *De natura deorum*.

[2] *Hist. littér. de la Fr.*, t. XVIII, p. 324.

[3] Ou *crucis*.

n°s 5685, 7649, 14254, 14958 et 14973 de Munich, 968 de Turin, 867 de Cambrai et 136 du collége Caio-Gonville. Le même nom se lit en tête d'une autre copie qui se trouve à la bibliothèque de Rouen, dans un volume ainsi coté : O, 11, 31. Il y a même lieu de remarquer que le glossateur de notre n° 7679 applique à Jean de Garlande ce qu'un autre, celui du n° 8207, dit de Cornutus : il avait composé divers autres ouvrages, et, prévenu par la mort, il ne put achever celui-ci. Ce qui veut dire que, pour le glossateur du n° 7679, Cornutus est tout simplement un nom d'emprunt. Deux éditions bien antérieures à celle de M. Wright, l'une de Zwoll, 1481, l'autre de Haguenau, 1489[1], portent aussi le nom de Jean de Garlande. Si ce concours de témoignages ne dissipe pas tous les doutes, nous pouvons en produire un de plus qui sera jugé décisif. C'est celui de Richard de Fournival, contemporain de Jean de Garlande, qui connaissait les livres et faisait profession de signaler aux autres les plus utiles ou les plus fameux. Il ne pouvait donc omettre le *Distigium.* Il le cite, en effet, dans sa *Biblionomie*, au chapitre de la grammaire, *Distigium de græcarum derivationibus dictionum*, et le cite sous le nom de Jean de Garlande. Ainsi *Cornutus* est bien un pseudonyme, et Jean de Garlande n'est pas seulement l'auteur le plus probable, il est l'auteur certain du *Distigium.*

Est-il vrai que Jean de Garlande soit mort n'ayant pas même achevé les vers de ce poëme bizarre ? En ce cas, on ne saurait mettre à son compte aucune des gloses qui, dans plusieurs manuscrits, augmentent beaucoup le volume du *Distigium.* Nous les recommandons néanmoins aux philologues. Les plus anciennes sont les plus considérables et les plus intéressantes. Nous citerons pour exemple la glose du deuxième et du troisième vers d'après notre n° 15037, fol. 169, *verso :*

Qui calus et cet. Dicit auctor in istis duobus versibus : Qui bonus est in opere et fidelis in sermone verbum Dei potest prædicare; et sic reprehendit falsos præ-

[1] Hain, *Repertorium bibliographicum*, t. II, p. 436.

dicatores qui vitia peccatorum reprehendunt et magis sunt digni reprehendi. De quibus dicit quidam per versus :

Quilibet hypocrita speciem tenus est eremita,
Mente tamen tacita latet anguis habens aconita.
Sub facie tincta macie, sub simplice veste
Sunt hodie fraus, insidiæ, mentes inhonestæ.

Est calus, id est bonus, et dicitur a calo, quod habet plures significationes. Unde versus :

Lignum, pono, bonum, voco calo vult figurare.

Calo id est bonus, et inde calodæmon, bonus angelus. In alia significatione id est quod voco, et inde dicuntur calendæ et calendarius. In alia significatione idem est quod lignum, et inde calopodium[1]. Unde versus :

Est lignum calo, dic calopodia seu calobinda[2];

ut quidam :

Quidquid agat tempus, pes quam calobinda valet plus;
Semper nativus melior pes quam ponitivus.

Hinc calatus, calea, calaria, id est navis ferens ligna, calciamentum classis :

. . . . . Cum scala, calo, calofurcia junge;
Sic calo dico, voco; nos dicimus inde calendas.
Inde calendarius quod non capiet tibi versus.

Praxis græce, operatio latine; et inde practicus, ca, cum, idem est quod operativus; unde practica scientia est, et inde dicitur practicus discens scientiam operativam sive manu secans. Unde versus :

Praxis signat opus, hinc practico, practicus exit.

Est. Est hoc verbum sum, es, est. Quod quare non determinatur in o vel in or, sicut alia verba? Et videtur quod sic; quia, cum sit forma et radix omnium verborum, deberet habere naturam cujuslibet verbi et se maxime naturæ cujuslibet verbi conformare. Ad quod dicendum est quod prima materia non habuit aliquam formam, imo fuit informis, eo quod si habuisset aliquam formam non esset susceptibilis alterius formæ, cum in una et eadem materia diversæ formæ non possunt imprimi; similiter dicitur de hoc verbo sum, es, est, cum sit forma

[1] En français, *galoche*. Voir Ducange, au mot *calopedes*.

[2] Ce mot n'est pas dans Ducange. Il est ici expliqué.

et radix omnium aliorum verborum, non debet habere aliquam formam verbi[1]. Unde versus :

> Sum verbum non finit in o. Quare? Quia forma
> Est hoc verborum, nec formam forma recepit.

Pisticus, id est fidelis, et dicitur a pistim græce, quod est fides latine. Inde nardus pisticus, unguentum fidele[2]. Unde :

> Esto fides pistim, hinc nardus pisticus exit.

Oda plures habet significationes, id est laus, sive cantus, sive via. Ex odos, quod est cantus, et prod, quod est ad, dicitur prosodia. Inde exordium, repetitio cantilenæ. Inde synodus, congregatio sacerdotum, et plura alia quæ in his versibus continentur :

> Est oda cantus, laus; oda sit semita dicta,
> Hinc odiarius, estque melodia, methodus orta,
> Et tamen hæc oda mulieribus appropriatur.
> Prod græce notat ad; isti jungitur odas,
> Quod cantum signat, prosodia nascitur inde.
> Jungitur atque comos, quod luna notare videtur:
> Sit tibi villa comos, comœdia dicitur inde.
> Inde comœdus qui talia carmina fingit.
> Jungitur huic tracos, tragœdia dicitur inde;
> Hinc tragicus venit, tragœdus sic fore fertur:
> Et sic dulce melos melodia dicitur inde.

Placet. Inde placenta, *fouache;* et sunt plura nomina idem significantia quæ in istis versibus continentur :

> Panes arthocapi, pastilli, liba, placenta,
> Jungitur arthocrea, simul arthocaseus istis;
> Dicimus arthocreas carnes in pane repostas.

Unde Horatius :

> Væ mihi! communes oleum arthocreasque[3].

[1] La même explication est donnée, presque dans les mêmes termes, par l'auteur d'une glose sur le *Doctrinale*. Voir M. Ch. Thurot, *Notices et extraits*, t. XXII, 2e partie, p. 537.

[2] Voir Ducange, *Gloss.*, au mot *pisticus*.

[3] Le vers ici corrompu n'est pas d'Horace; il est de Perse, sat. VI, vers 50, et il doit être ainsi restitué :

> Væ nisi connives! Oleum artocreasque popello
> Largior.

Pastilli : his

Colimphe jungas, colimphia dicitur inde.
Juvenalis ait : Comedunt colimphia paucæ[1].
Dicuntur panes azymi, pugnacibus apti.

Theologizat. Id est fidem catholicam prædicat. Et dicitur a theos, quod est Deus, et logos, quod est sermo. A theos, quod est Deus, plura derivantur vocabula : theophania, Dei apparitio, et theologia, divina scientia; et de pan, quod est totum, et theos, quod est Deus, dicitur penthitheus, vir religiosus, quasi totus in Deo. Inde theoreuma, regula in geometria, et Theophilus et multa alia quæ causa brevitatis dimittimus.

Nous suivons l'exemple du scoliaste, nous abrégeons. Notre citation abrégée ne permet-elle pas d'apprécier à la fois l'étendue et l'intérêt de sa glose? Le manuscrit auquel nous l'empruntons étant du XIVe siècle, voici quelle était, en ce temps-là, la méthode pratiquée dans les classes de grammaire. Aux écoliers réunis autour de sa chaire le maître lisait ou dictait cette glose. Ainsi quelques vers du *Distigium* étaient la matière d'une leçon. Quelle leçon! dit Érasme : *Deum immortalem! Quale sæculum erat hoc, quum magno apparatu Disticha Joannis Garlandini adolescentibus operosis et prolixis commentariis enarrabantur*[2]! Pour expliquer les mots obscurs du texte, le maître en citait d'autres, qu'il expliquait à la suite, en donnant les racines fausses ou vraies, bien souvent fausses, et faisant, pour varier le ton de son cours, quelques digressions philosophiques ou morales. Nous avons plus d'une fois remarqué la liberté de ces digressions. On n'y trouve pas seulement la censure des mauvais prêtres; c'était un lieu commun. Il y a encore de vives sorties contre d'autres puissances, contre les princes, même contre les rois. On sait de reste que les lois avaient, en ce temps-là, un tout autre objet que de protéger la liberté des discours et des écrits; mais la police était mal faite.

Si l'on ne doit imputer à Jean de Garlande aucune des gloses qui

[1] Il y a dans Juvénal, sat. II, v. 53, *coliphia* et non *colimphia*. Voir sur ce mot le *Lexique* de Forcellini.

[2] Érasme, *De pueris statim ac liberaliter instituendis; Operum* t. I, col. 514.

suivent son *Distigium*, encore moins lui doit-on attribuer un autre poëme qui se rencontre, sous le titre de *Cornutus novus*, dans le n° 7678 de Munich, dans un manuscrit de Bâle désigné par M. Hænel[1], et dans les deux éditions de Zwoll et de Haguenau. L'édition de Zwoll en nomme l'auteur Othon de Lunenborch. M. Le Clerc, qui paraît avoir lu quelque part ce *Cornutus novus*, le dit encore plus barbare que le *Cornutus antiquus* et en disculpe, sans hésiter, Jean de Garlande[2]. Nous souscrivons toujours très-volontiers aux jugements de M. Le Clerc, et nous ne saurions, dans ce cas particulier, faire autrement; aucun exemplaire du *Cornutus novus* ne se rencontre dans les manuscrits de Paris, et les deux éditions décrites par M. Hain manquent pareillement dans toutes nos bibliothèques. Il est à propos de faire observer combien sont devenus rares les exemplaires de tous les livres de classe imprimés au xve siècle. Vainement on les recherche, pour la plupart, non-seulement en France, mais encore ailleurs. Ainsi le premier livre publié dans la ville de Rome, c'est le Donat de 1472, imprimé par les Allemands Conrad Sweynheym et Arnold Pannartz. Eh bien! il y a près d'un siècle, on n'en connaissait plus, même à Rome, un seul exemplaire. Audiffredi nous l'atteste avec douleur[3]. Les riches écoliers, qui seuls pouvaient acquérir ces livres, les détruisaient à force de s'en servir.

Signalons, pour terminer, plusieurs fautes commises par Dominique Mansi corrigeant Fabricius. Fabricius avait connu le *Distigium* sous le titre de *Cornutus*, et en avait cité les éditions anciennes. Mansi, n'ayant aucune notion du *Cornutus*, et trouvant le *Distigium* inscrit au catalogue de Turin, a d'abord accusé Fabricius d'une omission imaginaire; ensuite il a, par conjecture, ainsi décrit le *Distigium* : un ouvrage de médecine, en prose, inédit[4]. Voilà bien les suites d'une correction faite mal à propos.

[1] Hænel, *Catal. librorum manuscriptorum*, col. 531.

[2] *Hist. littér. de la France*, t. XXII, p. 100.

[3] *Catalogus histor. crit. Romanar. edit. sæculi XV*, p. 1.

[4] Fabricius, *Biblioth. med. et inf. ætatis*, edente D. Mansi, t. III, p. 19.

XI

AUREA GEMMA.

Ce titre est mentionné par Fabricius d'après Boston de Bury. Les bénédictins ne croient pas que Jean de Garlande ait fait un ouvrage quelconque sous ce titre immodeste; il vaut mieux, disent-ils, soupçonner qu'un copiste l'aura donné « par estime » soit à l'un, soit à l'autre de ses écrits les plus goûtés. Le numéro 4390 de Munich, qui contient divers ouvrages de Jean de Garlande, nous en offre un, sans nom d'auteur, sous ce titre *Gemma regiminis*, et l'auteur du catalogue de cette bibliothèque nous avertit que ce *regimen* est le *regimen grammaticale*. Il nous semble que voilà l'ouvrage désigné par Fabricius. Cependant nous ne tenons pas pour certain qu'il soit de Jean de Garlande.

XII

HORTOLANUS. COMPENDIUM ALCHYMIÆ.

On doit s'étonner de nous voir unir ces deux titres. Ils ne semblent guère, en effet, se rapporter au même ouvrage. Cependant ils n'en désignent qu'un, dont l'auteur n'est assurément pas Jean de Garlande. Pour les bénédictins, ils en désignent trois. Cela paraît invraisemblable. C'est donc là ce que nous avons d'abord à prouver. Voici comment ils s'expriment sur le premier, qu'ils intitulent *Hortolanus* : « C'est apparemment quelqu'un des écrits de notre auteur qui apprend « à cultiver les racines et les fleurs de la langue latine, et qu'on aura « intitulé de la sorte par allusion au terme de *jardinier*. » Ils disent ensuite du deuxième : « Jean de Garlande a réellement touché des « sujets philosophiques dans d'autres écrits. On a de lui un Traité « de chimie, accompagné d'un dictionnaire, traité qui nous est aussi « présenté sous cet autre titre : Du moyen de trouver la pierre phi- « losophale, et qui a été imprimé in-8°, à Bâle, en 1571. » Et enfin du troisième : « L'auteur lui-même, ou quelque autre écrivain après

« lui, a réduit en abrégé l'ouvrage précédent. On en a une édition in-8°, « faite à Bâle sous ce titre : Abrégé d'alchimie, auquel se trouve jointe « une explication alphabétique des termes synonymes à l'usage de cet « art et sous le nom de notre auteur. » Les bénédictins ne sont pas responsables de toutes les erreurs que ces extraits contiennent, et que nous allons corriger successivement. Il leur appartient toutefois en propre d'avoir distingué le Traité de chimie de l'Abrégé d'alchimie, et le dictionnaire joint au Traité de la table des synonymes jointe à l'Abrégé. C'est une faute commise par inadvertance sur la foi de catalogues rédigés avec trop de liberté. En réalité, ces deux ouvrages du même auteur, publiés deux fois dans la même ville et dans le même format, ne diffèrent aucunement l'un de l'autre, et voici le titre exact du livre unique : *Compendium alchymiæ Joannis Garlandii, Angli philosophi doctissimi, cum Dictionnario ejusdem artis atque de metallorum tinctura præparationeque eorumdem libello.* La première édition est de l'année 1560, in-8°; la seconde, de l'année 1571. Fabricius les a citées l'une et l'autre.

Quand nous disons que ce titre est exact, nous voulons dire qu'il est ici reproduit d'après l'ouvrage même. Il est exact, mais il est faux, et de la plus insigne fausseté. Comment a-t-on été conduit à le fabriquer et à faire du grammairien Jean de Garlande un très-docte philosophe, disciple de Geber et professeur de science hermétique? C'est ce que nous allons maintenant expliquer.

Cela nous ramène à l'*Hortolanus.* Ce jardin des fleurs de la langue latine n'a jamais existé. La conjecture des bénédictins est assurément ingénieuse, mais elle est absolument chimérique; dans aucun dépôt d'imprimés ou de manuscrits on n'a jamais rencontré ce livre de grammaire qui porte le titre d'*Hortolanus.* Mais pourquoi l'a-t-on supposé? La cause de cette erreur, d'où tant d'autres sont dérivées, la voici. Dans le *Dictionnaire* de Jean de Garlande, dont nous parlerons à l'article suivant, il y a quatre paragraphes qui concernent son jardin. Le premier commence par : *In horto magistri Joannis de Gallandia;* le second par : *Hortolanus magistri Joannis.* Distraits par un copiste de l'ensemble du *Dictionnaire*, ces paragraphes auront été consignés dans un ancien catalogue par les premiers mots du second; ainsi Jean de Garlande sera devenu pour quelque bibliographe l'auteur indubitable d'un écrit quelconque, intitulé figurément *Hortolanus*. On aura dit l'*Hortolanus*, comme on disait le *Facetus*, le *Floretus*, le *Cornutus* de maître Jean.

Mais on ne devait pas s'en tenir à cette erreur. Ayant recherché l'*Hortolanus*, Boston de Bury crut l'avoir trouvé. En tête d'un manuscrit probablement conforme au n° 7156 de la Bibliothèque nationale, il lut ce nom, qu'il prit pour un titre, *Hortolanus*, et, afin de prouver l'existence de l'ouvrage transcrit au-dessous du titre, il en donna les premiers mots, *Laus, honor, virtus et gloria*, sans pourtant faire connaître la matière de cet ouvrage. C'était un traité de chimie. Plus tard, ce traité fut de nouveau rencontré par Basile-Jean Hérold, qui le publia, et, sur le témoignage allégué de Boston de Bury, l'attribua, sans aucune hésitation, à Jean de Garlande. La préface de ce traité de chimie, auquel Hérold imposa lui-même le titre de *Compendium alchymiæ*, commençait, en effet, par ces mots : *Laus, honor, virtus et gloria*. Et comme, à la suite du traité de chimie, se trouvaient de moindres écrits du même auteur sur diverses questions naturelles, Hérold les joignit au *Compendium* pour grossir le volume. Ainsi le catalogue des œuvres de Jean de Garlande s'est accru, depuis Boston de Bury, d'un lexique, *Synonymorum in arte alchimista expositio*, et des deux traités suivants : *Libellus de præparatione elixir; De mineralibus liber*.

Tous ces traités avaient donc pour titre commun *Hortolanus?* Non sans doute; mais voici l'étourderie d'abord commise par Boston de Bury, puis par Hérold. Dans un nom d'homme, le nom de l'auteur, ils ont vu le titre du livre. Cependant ce livre commence par ces mots : *Ego quidem Hortulanus, ab horto vel ab arce maritima dictus, Jacobina pelle involutus, novissimus philosophorum, indignus vocari discipulus philosophiæ*... Rien de plus clair. Une ancienne copie du même livre est conservée dans le n° 238 du collége *Corpus Christi*, à Oxford, sous ce titre : *Ortholanus, super capitulum Hermetis quod dicitur*

Clavis sapientiæ. Il s'en trouve une autre dans l'ancien fonds de la Bibliothèque nationale, sous le n° 7156, intitulée : *Martini Ortholani tractatus de alchymia;* deux autres dans les fonds nouveaux, sous les n°s 11201 et 11202, avec le même nom d'auteur. Ce Martin Ortolan ne paraît pas avoir joui parmi les chimistes d'une longue célébrité. Nous ne prétendons aucunement remettre en honneur son mérite méconnu. Nous lui restituons simplement ce qu'on lui avait dérobé.

XIII

DICTIONNARIUS.

Les bénédictins attribuent trois dictionnaires à Jean de Garlande. Ils intitulent le premier : Dictionnaire des mots en usage dans les entretiens familiers; le second : Dictionnaire des mots obscurs; le troisième : Dictionnaire destiné à expliquer les choses, *ad res explicandas*. Ces distinctions paraissent fautives. Il est bien vrai que Jean de Garlande nous a laissé plusieurs ouvrages qui peuvent être à bon droit appelés Dictionnaires; mais ces ouvrages figurent déjà sous d'autres titres dans le catalogue de J. Pits, reproduit par les bénédictins, et l'auteur n'a lui-même appelé Dictionnaire qu'un seul de ses écrits, celui dont voici les premiers mots : *Dictionnarius dicitur libellus* (ou *liber*) *iste a dictionibus magis necessariis, quem tenetur quilibet scolaris non tantum in scrinio de lignis facto, sed in cordis armariolo retinere.*

Ce Dictionnaire a été plusieurs fois imprimé. On en signale une édition publiée dans la ville de Caen, en l'année 1508, avec un commentaire de maître Vincent Carrer; mais c'est une édition introuvable[1]. Beaucoup plus récemment, en l'année 1837, M. Hercule Géraud nous l'a donné dans l'appendice de son ouvrage intitulé *Paris sous Philippe le Bel*, p. 585-612, d'après les n°s 7679[2] et 11282[3] des manuscrits

[1] Géraud, *Paris sous Philippe le Bel*, p. 582.

[2] Ce numéro contient deux copies du même ouvrage, folios 1 et 34.

[3] Ce volume portait, en l'année 1837, quand M. Géraud l'a consulté, le numéro 294^{10} du Suppl. lat.

latins de la Bibliothèque nationale. M. Kervyn de Lettenhove l'a publié très-incorrectement en 1851, dans les *Annales de la Société d'émulation* de Bruges. Nous en avons une quatrième édition de l'année 1857, insérée par M. Thomas Wright, d'après deux manuscrits du Musée britannique, dans son précieux recueil qui a pour titre *Volume of Vocabularies*, p. 120-138. Enfin une cinquième édition, bien supérieure à toutes les autres, avec des extraits annotés des meilleures gloses, a été publiée par M. Aug. Scheler, en 1867, d'après les n°s 536, 546 de Bruges et 369 de Lille, dans son opuscule intitulé *Lexicographie latine du XIIe et du XIIIe siècle*, p. 18-83.

Jean de Garlande est l'auteur certain de ce Dictionnaire. Outre le témoignage d'un grand nombre de copistes, nous avons celui de l'auteur lui-même, qui se nomme plusieurs fois dans le corps de l'ouvrage. Mais, cela reconnu, nous ferons plus d'une remarque sur les éditions, en les comparant à des manuscrits dont elles diffèrent plus ou moins, notamment au n° 28 (A) de la bibliothèque Mazarine et aux n°s 4120 et 8447 de la Bibliothèque nationale. Ce dernier exemplaire a beaucoup d'autorité, car il se termine par cette note du copiste : *Petrus de Almenechis scripsit hunc Dictionnarium, 1268, mense junii.* Ainsi nous avons dans ce Pierre d'Almenèches un contemporain, probablement un des écoliers de Jean de Garlande. Sa copie nous offre donc un des plus anciens états de l'ouvrage.

Elle se compose de deux parties : un texte et une glose. Le texte est ordinairement plus correct que celui des éditeurs, et quelquefois il est plus étendu. Pour ce qui regarde la glose, celle de nos trois manuscrits est considérable, et, dans les éditions de M. Géraud et de M. Wright, on n'en lit que de courts abrégés. Quand cette glose ne serait pas de Jean de Garlande, elle serait encore très-importante, car elle contient un grand nombre d'interprétations françaises que recommande une date ancienne et précise. Mais nous allons prouver, ce que M. Paul Meyer avait déjà soupçonné[1], que le texte et la glose sont du

[1] *Revue critique*, 1868, p. 297.

même auteur. Voici un fragment de la préface, qui manque tout entière dans les éditions :

Isidorus[1] dicit quod tria sunt linguæ italicæ genera, silicet prisca, latina, romana. Prisca fuit in tempore Jani et Saturni; latina fuit in tempore Latini regis, quæ usque ad solemnitatem poetarum duravit, quam ipsi poetæ celebrantes adauxerunt et romanam dixerunt tanquam a digniori; et quamvis Horatius dixerit :

> Multa renascentur quæ jam cecidere, cadentque
> Quæ nunc sunt in honore vocabula, si volet usus
> Quem penes arbitrium, jus est et norma loquendi,

adhuc tamen crescit festivitas linguæ romanæ, et nascuntur vocabula quæ deciderant ab usu, sicut clarescit in hoc opere quod Dictionnarius dicitur, non ab unica dictione, id est ab unico vocabulo, sed a dictione large sumpta, id est a sermone. Est enim sermocinarius et hermeneticus, id est interpretativus. Enarrat enim et exponit officia et mores plurium artificum, non tantum ad cognitionem vocabulorum, sed etiam ad cognitionem moralitatis. Et in his jam dictis apparet materia hujus libelli, intentio agentis, utilitas legentis. Cui parti philosophiæ supponatur modus agendi, quis titulus debet assignari, quæritur, ut dictum est, de materia. Materia sunt ipsi artifices et eorum officia et instrumenta et aliarum rerum vocabula necessaria. Intentio agentis est excludere ignorantiam eorum qui profitentur se multa scire et ignorant omnia. De quibus dicit actor hujus opusculi :

> Qui sunt confessi se transglutire camelos,
> Illos exiguo sorbuit ore culex[2].

Utilitas est scire nomina rerum et consuetudines artificum et quædam moralia et naturalia quæ libello isti interseruntur; et sic patet quod ethicæ partim supponatur, partim physicæ, partim grammaticæ. . .

Ainsi l'ouvrage entier se compose, suivant la préface, de deux parties : le texte qui présente les mots, *sermocinarius*, et la glose qui les interprète, *hermeneticus, interpretativus.* Or l'auteur de cette préface

[1] Nos citations sont tirées du numéro 8447 de la Bibliothèque nationale, et quelquefois corrigées sur le numéro 28 (A) de la bibliothèque Mazarine.

[2] Ces deux vers sont de Pierre Riga; ils sont cités sous son nom par un glossateur du *Distigium*. Bibl. nat., n° 15036, fol. 174, col. 1. On les retrouve, avec beaucoup d'autres sentences, dans le n° 16238, fol. 168, de la même bibliothèque. Ils étaient devenus la forme classique d'un proverbe.

n'est certainement pas Pierre d'Almenèches. Il a, dit-il, copié, *scripsit,* tout ce qu'on lit ici, préface, texte et glose, et, comme nous le verrons, sa copie, souvent défectueuse, trahit un médiocre latiniste. Il écrivait très-bien, mais sans comprendre tout ce que sa main était habile à tracer. Peut-on d'ailleurs supposer que, du vivant de Jean de Garlande, en quelque sorte sous ses yeux, un autre maître ait joint une glose à son texte et se soit attribué dans une préface le texte avec la glose, l'ensemble du livre intitulé Dictionnaire, *hoc opus quod Dictionnarius dicitur. . , sermocinarius et hermeneticus?* N'est-il pas beaucoup plus vraisemblable que les deux parties de ce Dictionnaire, le vocabulaire et l'interprétation, sont également de Jean de Garlande? Mais cela n'est pas seulement vraisemblable; cela est évident. Cette section de l'économie politique que nous appelons aujourd'hui la statistique doit avoir intéressé fort peu Jean de Garlande. Étant professeur de grammaire, il n'a pu recueillir et mettre en ordre, sous des rubriques particulières, tous ces noms de métiers, d'instruments mécaniques, agricoles, militaires, de vêtements, et même de médicaments, sans avoir eu l'intention d'expliquer ces noms créés, pour la plupart, depuis Horace, ou détournés par l'usage de leur sens primitif. Ajoutons que la mise en ordre de tous ces noms de métiers connus, de choses usuelles, n'aurait été, sans les explications du maître, d'aucune utilité pour ses écoliers.

Quelques citations feront voir combien il est fâcheux que M. Géraud et M. Wright aient préféré les gloses abrégées à la glose complète. Voici d'abord le texte, qui contient des renseignements inédits sur la variété des chaussures :

Unus vicinorum nostrorum tulit hodie ad vendendum in pertica una : sotulares ad laqueos cum liripipiis, ad nodulos et ad plusculas, ad monialias, ad aures, cum corrigiis; tibialia, cruralia et crepitas femineas et monacales, fulcro vel centrone interius involutas.

Voici maintenant la glose :

Vicini, gallice *vesins*, et dicuntur a vicus, ci, quod est gallice *rue*, quia in eodem vico manent vel habitant. Vendendum a vendo, dis; dicitur gallice *vendre*. Inde venditor, gallice *vendeour*. Pertica dicitur a pertingo, gis, quod est gallice *atendre*, et pertica gallice *perche*. Sotulares, hic sotular, hujus ris, quamvis aliter dixerit ille qui composuit Doctrinale. Est enim regula Prisciani quod omnia nomina in ar desinentia sunt neutri generis, ut hoc torcular, lupanar, calcar, exceptis propriis nominibus, ut Cæsar, Balthasar, et lar, var, par cum suis compositis, ut dispar, compar, impar; sed hoc nomen sotular non est in exceptione; debet ergo esse in regula; quod non est verum. Regula est quod omnia nomina neutri generis desinentia in ar producunt penultimam, excepto hoc nomine loquar; sed hoc quidem, dico sotular, non producit; ergo et cet. Immo dicitur hic sotular, hujus sotularis, et derivatur ab hoc verbo suo, suis, quod est gallice *coutre*, vel ab hoc nomine sus, suis, quod est scropha, quod est gallice *truie*, quia suuntur sotulares cum setis porcinis, scilicet ipsius suis, vel ab hoc nomine subtalaris, quod est longa vestis usque ad talos; et sunt sotulares gallice *soulers*. Unde quidam :

O vir, velle dares mihi si velis sotulares.

Laqueos dicuntur a laqueo, as, gallice *laz*. Plusculas, gallice *boucles*. Liripipium, gallice *bec de heuse*. Nodelli, gallice *nocals*, et dicuntur a nodus, nodi, gallice *neu*, et illud a nodo, das, gallice *noer*. Monialiæ dicuntur a monile, monilis, gallice *fermeillières*. Corrigia est gallice *corroie*, et dicitur a coris, de quo fit gallice *cuir*. Inde corrigiola, gallice *corroiete*. Tibialia a tibia dicuntur, gallice *estiveals*. Cruralia a crure dicuntur, *heuseaus*. Inde ocrea, cæ, *heuse* gallice. Crepitas dicuntur *bottes a creperon;* quod est dubium, quia dubium est utrum pes sit intus vel foris, sicut adhuc videmus in monachis; vel dicitur crepita a crepo, pas, quod est sono, nas, quia crepant murices, gallice *botes* [1].

Nous supprimons la fin de la glose, parce qu'elle brave vraiment trop, même en latin, l'honnêteté; mais ce que nous avons publié suffit pour faire comprendre que le texte sans la glose a vraiment peu d'intérêt.

Au chapitre des selliers, il y a particulièrement, dans l'édition de M. Géraud, des lacunes, de mauvaises leçons, et conséquemment, dans les notes de l'éditeur, des conjectures malheureuses. Toutes ces fautes vont être corrigées. D'abord par un meilleur texte :

Sellarii vendunt columbaria, sellas nudas et pictas, cingulas, panellos, succellia, pulvillos et carentivillas, trussulas strigiles et strepas;

[1] Numéro 8447, folio 50.

elles le seront ensuite par une glose plus détaillée, que nous donnerons ici tout entière :

Sellarii gallice *seliers*, dicuntur a sella, læ, et illud a sedeo, sedes. Columbar dicitur gallice *boureau* et *pilori* similiter, et dicitur a collum, i, et bar, quod est grave, quia urget equi collum, alias furis. Cingulas habent; cingula dicitur gallice *cengle*. Panellus dicitur a panniculus, id est subsellium, gallice *sourcengle* vel *peneau*. Pulvili dicuntur a pullus et villus, li, et sunt pulvili illæ partes sellæ quæ dicuntur gallice *baaz*. Carentivillæ dicuntur de careo, res, et villus, li, quia carent villis ad mundificationem tergi equi, gallice *cavenes*. Strepa, pæ, dicitur gallice *estres*, quæ aliter dicitur strigilis, et est strigilis vocabulum ad plurima, scilicet ad micatorium, ad cremium, ad cratem, ad rastrum textricis et ad strepam, et cet.[1]

Plusieurs de ces mots manquent dans le *Glossaire* de Du Cange. On doit donc supposer que Du Cange n'a connu Jean de Garlande que par ses abréviateurs.

L'article des archers n'est pas moins défectueux dans l'édition de M. Géraud. Le voici rectifié. On lit ainsi le texte de notre manuscrit :

Ad portam sancti Lazari manent architenentes, qui faciunt balistas et arcus de acere, viburno, de ulmo et taxo, sebusco, spina nigra; de corulo tela, et sagittas de fraxino et petilia;

et ainsi la glose :

Architenentes dicuntur ab arcu et teneo, nes; gallice *archiers*. Balistas, quasi valistas, a valeo, les, dicuntur, vel a baleros, quod est mittere; gallice *erbalaiste*. Arcus ab arceo, ces; gallice *arc*. Acere arbor est, acer, is; gallice *erable;* unde illud :

> Dicitur arbor acer, vir fortis et improbus acer.

Viburno; viburnus est quædam arbor, gallice *booul*. Unde Bernardus Silvestris :

> Et viburna magis vimine lenta suo.

Ulmus, gallice *ulme*. Notandum quod hæc taxus est arbor, gallice *if;* hic taxus.

[1] Numéro 8447, folio 50, verso.

id est melota, gallice *tesson;* hoc taxum, id est *lard.* Tela dicuntur a telon, quod est longum. Sebusco; hæc sebuscus, id est gallice *seu;* inde :

Sambusci flores sambuco sunt meliores.

Spina nigra, gallice *espine noire.* Corulus, gallice *coudre.* Inde coruletum, ti, gallice *coudroie.* Unde illud :

Debet habere metum qui vadit per coruletum.

Fraxinus, gallice *frene.* Petilia, gallice *veirprines*[1].

A cette glose nous ajouterons quelques notes. Le vers

Dicitur arbor acer, vir fortis et improbus acer,

est un vers de Serlon; il appartient à son poëme sur les *Différences*[2]; et il n'a pas été seulement cité par Jean de Garlande : l'auteur d'un vocabulaire en vers hexamètres, que contient le n° 7554 de la Bibliothèque nationale, se l'est attribué[3], ainsi que plusieurs autres vers du même Serlon, de Jean de Garlande, etc. etc. Le plagiat n'est plus toléré; mais il était fréquent au moyen âge. Le vers

Sambusci flores sambuco sunt meliores

se retrouve dans une glose anonyme sur le *Doctrinal* d'Alexandre de Villedieu, la glose célèbre qui commence par le mot *Admirantes*[4]. Quant au vers de Bernard de Chartres,

Et viburna magis vimine lenta suo,

c'est le vers 270 du chapitre III du *Megacosmus*, suivant l'édition qui vient d'en être donnée à Inspruck par M. Ch. Sigismond Barach.

L'article des boulangers doit être encore cité :

Pistores, id est panetarii, Parisius pinsunt pastam et faciunt panes quos coquunt in clibano, id est in furno mundato cum tersorio, cum pala. Vendunt autem panes de frumento, de siligine, de ordeo, de avena, de pissis et fabis, de acere

[1] Numéro 8447, folio 51.

[2] *Archives des missions*, 2e série, t. IV, p. 172, et man. lat. de la Biblioth. nat., n° 6765, folio 56.

[3] Folio 71.

[4] Biblioth. nat., n° 8422 des man. lat., fol. 63, col. 2. — Cette glose est souvent citée par M. Thurot.

et frequenter de furfure. Vendunt tortundas, galetas in pruna combustas, favillis, cinere, fumo et fuligine denigratas.

Il importe surtout de connaître la glose :

Pistores, id est *peitres*, a pinso, sis, quod est *pestrir*. Inde pistrina, vel pistorium, locus in quo pasta pinsitur. Clibanus, id est furnus; gallice, *four*. Unde :

Spes dapis ad clibanum currere cogit eum.

Inde clibanarius, id est *fournier*. Tersorium a tergo, gis, id est *toaillon*, vel *vale*. Pala, gallice *pale*. Frumento, a fruor, ris; inde frumentatum est *foree*. Ordeum ab ordior, ris, vel ab horridus, da, dum, quia horride transit gulam; gallice *orge*. Siligine, a silen, quod est tractus, quia multum attrahit humorem ad se cum desiccatur; gallice *segle*. Avena, quasi sine vena, id est sine fortitudine et bonitate; gallice *avene*. De acere; hic acer, hujus ris, gallice *mesteillon;* vel illud quod dejicitur a vanno, id est *veneures* et *balier*. Hoc pissum, id est *pois*. Inde pissarium, *peserie*. Faba, *feve*. Furfura dicitur gallice *bren*. Unde quidam :

Furfura qui dixit semper de furfure vixit [1].

Pruna, næ, *prese;* pruina vero *gelee*. Unde versus :

Prunus pruna gerit, deffendit pruna pruinas,
Dum calet est pruna, carbo cum deficit ignis.

Hæc fuligo, nis, gallice *suie*, et dicitur a fumo [2].

Nous terminerons nos citations par cette description de la ville de Toulouse, après le siége de l'année 1218 :

In civitate Tholosæ, nondum sedato tumultu belli, vidi ante muralia licias, super fossata profunda turres et propugnacula tabulata et craticulata, ex cratibus erecta, cestus, clipeos, targias, brachiola et perrarias, sive tormenta, quarum una pessumdedit Simonem, Montis Fortis comitem, mangonalia, fustibula, trebucheta, arictes, sues, vineas et catos versatiles, quæ omnia machinæ sunt bellicæ, secures, dachas, gesa Gallicorum, sparos Hispanorum, chateias, pugiones in dolonibus Teutonicorum, anelancias Anglicorum, pila Romanorum, sarissas Macedonum, peltas Amazonum, Trojanorum arcus, pallos et malleos ferreos et ligneos tignos, clavas ferreas, jacula, catapultas, galeros et conos, toraces et bom-

[1] Vers proverbial, cité par l'auteur d'une glose sur le *Doctrinal* que contient le n° 8056 de la Bibl. nat., fol. 40, v°, col. 1.

[2] N° 8447, folio 52.

bacinia, galeas, loricas, ocreas et femoralia, cruralia, genualia ferrea, lanceas, hastas et contos, uncos, cathenas, cippos et repacula, barrarias et ignem pelasgum et vitrum liquefactum, fundas et glandes, balistas trochleatas cum telis et materiaciis; quæ omnia fiunt ut per eadem corpus miseri hominis destruatur.

La glose est ici très-développée et très-instructive :

Civitas dicitur a cieo, es, quod est commoneo, nes; et descendit a civitate hic et hæc civis, quia cives citat et citantur ad jura. Tholosa dicitur a tollo, tollis, quia tollitur in gloriam pugnando. Unde in conductu meo de Tholosa dicitur : Alto gradu gloriæ tollitur Tholosa, titulis victoriæ claris gloriosa, et cet. Vel dicitur Tholosa ab hoc nomine tolus, li, quod est pomellus; unde Tholosa quasi plena tolis, id est pomellis, propter turres et alta ædificia quæ solebat habere. Unde dicitur Tholosa quasi tota gloriosa. Nondum sedato, id est nondum pacificato, ab hoc verbo sedare. Hoc licium, cii, sive s, idem est quod filum, a ligo, gas. Dicitur licias gallice *lices*, id est *fosse*, et derivatur ab hoc verbo licet per contrarium, quia non licet militibus illas exire. Propugnacula a pugno, nas, *breteches*. Craticulata, id est *clois*. Cestus, tus, tui, a cedo, dis aut celo, las, scilicet *talevaz*. Clipeus a clepo, pis; id est furor, aris, quia furatur corpus hominis, tegendo scilicet; gallice, *escu*. Inde dicitur clepsedra, scilicet *dozis*, vel *queville*. Targias sunt scuta magna et spissa quæ opponuntur telis, scilicet *targes*. Brachiola sunt scuta parva quæ adhærent brachiis; id est *braceroles*. Perrarias : unde id est? Hæc perraria quidem est tormentum murorum et hoc perrerium est locus in quo foduntur petræ illæ; hic perarius est rusticus qui bene noscit petras prætonsas. Pessumdedit, id est præcipitavit, quia pessum id est deorsum. Simonem comitem; iste Simon fuit comes Laicestriæ, quæ est civitas in Anglia, qui proditione sibi imposita, forsitan false, adhæsit Philippo, regi Franciæ; qui Simon quadam petra interfectus fuit Tholosæ. De morte cujus fuerunt isti duo versus :

Hic qui per lapidem Stephano cœlestia pridem
Contulit, illud idem Simoni comiti dedit idem.

Mangonalia a manu et ago, gis, quia cum manu aguntur. Fustibulum, quædam parva machina cum funda in baculo dependente :

Fundus fundit opes, diffundit funda lapillos
Et fundus tenui murmure fundit aquas.

Trepucheta, *trepuchet;* hoc trepuchetum, ti, et est machina muralis, quod bene expertum est castrum. Cetera quæ sequuntur glossantur in littera. Plana sunt gesa, *inisarme* gallice, a gero, ris. Sparus, ri, genus gladii, *espei*. Unde Virgilius in Æneide : « Quos omnes armat sparus[1]. » Chateias quædam sunt tela. Pugiones quidam gladii sunt graciles et longi. Dolones quidam albi baculi sunt. Alenancias, gallice *alesnaz*, ab Alano inventore, qui primus fuit pirata Richardi regis, cujus gesta notantur his versibus :

Laus tua prima fuit Siculi, Cipris altera, dromo
  Tertia, Cornaria quarta, suprema Jope.
Repressi Siculi, Cipris pessumdata, dromos
  Mersus, Cornaria capta, retenta Jope[2].

Alanus, ut dixi, pirata regis, dromonem Sarracenorum cepit, quem perforavit sub aqua natando... Peltas Amazonum, quia, ut audivi dici, Tholosanæ matronæ traxerunt perrariam cum qua interfectus fuit comes Montis Fortis. Arcus ab arceo, ces. Catapultæ, *sajete barbee*, dicuntur a cachos, malum, vel catha, quod est valde, et pello, lis, quia valde impellunt mortem. Galeros; nota quod galerus est coopertorium capitis et de quacumque fit natura. Unde Statius : « Et « temperat astra galero[3]. » Galeæ sunt proprie tegmina capitis militum. Conus est in summitate galearum. Coraces sunt munimenta pectoris, scilicet *gamboison*. Bombacinia, gallice *auquetons*, a bombax, cis, *coton;* bombix, cis, est vermis qui egerit sericum; unde bombicinus, a, um, id est vestis serica. Unde Juvenalis :

Quorum delicias pannus bombicinus ambit[4].

Lorica, gallice *haubert*. Ocrea, eæ, gallice *heuse*, ab ob, quod est contra, et creas, caro, quod muniunt carnem contra arma. Femoralia a femore dicuntur. Genualia, *genoillieres*, a genu dicuntur. Contos ab hoc verbo contendo, dis. Croces et peda, dæ, melius uncus, ci, *croc*, ab unco, cas, quod est curvo, vas, dicitur, et inde uncinus, ni, parvus uncus, id est *petit croc*. Cathena dicitur a catha, valde, et teneo, nes, quia valde tenens. Cippos; nota quod hic cippus æquivocus est ad quatuor, quia hic cippus, pi, dicitur quilibet truncus et specialiter ille truncus quo tibia latronum coarctatur; gallice *cep*. Alio modo dicitur meta inter duas terras ut in sermonibus Horatii :

... Cippusque pedes prætentus in octo;

[1] Cette citation n'est pas exacte. Il faut lire : « Agrestisque manus armat sparus. » *Æneid.* lib. XI, v. 682.

[2] Ces vers se retrouvent, avec quelques différences, dans le poëme de J. de Garlande *De triumphis Ecclesiæ*, p. 49 de l'édit. de M. Wright. Tout le passage de la glose qui concerne le pirate Alain est tiré du manuscrit de la bibliothèque Mazarine.

[3] Statius, *Theb.* lib. I, v. 305. Il s'agit du bonnet de Mercure.

[4] Cette citation est encore inexacte. On lit dans la *Sat.* VI de Juvénal, vers 259-260 :

Hæ sunt quæ tenui sudant in cyclade, quarum
Delicias et panniculus bombycinus urit.

item cippus dicitur truncus super mortuum in tumulo in cœmeterio, et adhuc accipitur in universali significatione, proprio nomine cujusdam hominis; unde versus :

> Cippus agri, cippus furis, cippus tumulorum
> Est proprium pariter signatque obstacula cippus.

Barrarias dicuntur a barris qui sunt *vectes*. Ignem pelasgum, gallice *feu grezeis*. Vitrum liquefactum a vireo, es; unde vitreus, a, um, et substantivum veritrea, eæ, id est *verrigne*. Funda a fundo, dis, quia fundit lapidem, qui dicitur transumptive glans, dis; unde submergit in littera glandiades. Valistas, gallice *arbaleste*, et a baleron, mittere. Tela, ut supra. Materiacia, ciæ, gallice *materas*. Balista dicitur quasi valista et dicitur a valeo, les, quia valide impellit[1].

Nous n'avons pas donné ces extraits pour recommander les étymologies de Jean de Garlande. En effet, il s'en faut bien qu'elles soient toutes acceptables. C'est encore une recherche si dangereuse que celle des étymologies ! Mais il nous a paru bon de faire connaître une meilleure copie, jusqu'à présent ignorée, d'un Dictionnaire devenu célèbre, et de corriger sur cette copie quelques passages défectueux des éditions.

XIV

COMPENDIUM GRAMMATICÆ.

Jean de Garlande a certainement fait, comme le disent les bénédictins, un *Abrégé de grammaire*, *Compendium grammaticæ*. Quoique Leyser et Fabricius n'en parlent pas, cet *Abrégé de grammaire* avait été signalé par de plus anciens bibliographes, notamment par Richard de Fournival[2]. Il est en outre cité par les glossateurs. Ainsi, dans une glose du XIVe siècle sur le *Distigium*, n° 15037 de la Bibliothèque nationale, folio 169, col. 1, je lis ces vers empruntés au *Compendium* (*Compendio magistri Johannis de Gallandia*) :

> In lucem græcæ ponuntur præpositivæ.
> Pone decem, junges octo numerumque tenebis.
> Syllabina decem recte complectitur et tres.
> Sunt serie quinque, sed erit monosyllaba quæque;

[1] N° 8447, fol. 53, verso. — [2] L. Delisle, *Cabinet des man.*, t. II, p. 524.

et ceux-ci, fol. 171, v°, col. 2 (*sicut dicit magister Johannes de Gallandia in Compendio*) :

Est adjectivum sic altilis, et tamen illud
Substantivatur; hic aut hæc, post hoc reperitur;
Altilis hic gallus, gallina sit hæc, capo vult hoc[1].

Ce *Compendium* est encore mentionné dans une autre glose que nous fait connaître M. Scheler[2]. Il est même cité par l'auteur lui-même au début d'un poëme dont nous parlerons plus loin :

Artis grammaticæ dudum compendia quædam
Protraxi[3].

Il n'est donc pas permis d'en douter : un *Abrégé de grammaire* en vers hexamètres (comme le prouvent les extraits du glossateur) avait été composé par Jean de Garlande au temps de sa jeunesse, *dudum*. Mais l'avons-nous conservé ?

M. Brunet[4] suppose qu'il existe plusieurs fois imprimé. Une des éditions que M. Brunet nous indique est, en effet, intitulée *Compendium grammaticæ* et commence par ces vers hexamètres :

Est ars scribendi recte recteque loquendi
Grammatice, græce de grammate, dicta latine;

et nous n'hésitons pas à reconnaître que des vers si mauvais pourraient bien être de Jean de Garlande. Cependant nous allons faire voir qu'ils ne sont pas de lui, M. Brunet s'étant engagé, contre son habitude, dans une fausse conjecture.

Voici le titre de l'ouvrage : *Compendium totius grammaticæ, ex variis auctoribus, Laurentio, Servio, Perroto diligenter collectum, et versibus, cum eorum interpretatione, conscriptum, totius barbariei destructo-*

[1] Voir aussi n° 8320 de la même bibliothèque et du même fonds, fol. 72, 75. Nous n'avons pas besoin de faire remarquer que *capo* n'est pas neutre. Le poëte a-t-il voulu faire simplement un trait d'esprit ?

[2] Scheler, *Lexicographie latine*, p. 8.

[3] Scheler, ouvr. cité, p. 4.

[4] *Manuel du libraire*, au mot *Compendium grammaticæ*.

rium, etc. etc. Totius barbariei destructorium! Les deux vers cités ne le feraient pas soupçonner. Mais ce n'est pas là ce qui nous importe; on sait de reste que les titres de ces vieux manuels sont généralement très-pompeux. Des compilateurs sans goût devaient être sans modestie. Au fait, le titre que nous venons de reproduire annonce un livre composé d'emprunts faits à Laurent Valla, l'acerbe détracteur de Pogge, de Balde, de Barthole, ainsi qu'à Nicolas Perotti, le grand ami du cardinal Bessarion, qui vécurent l'un et l'autre deux siècles après Jean de Garlande. Voilà bien la preuve que M. Brunet s'est trompé. Il est vrai qu'au revers du titre se lisent quelques distiques en l'honneur d'un certain Jean, désigné comme auteur de cette compilation. Mais c'est un Jean quelconque du XVIe siècle, peut-être Jean Letourneur, *Versoris.* Les distiques sont, en effet, signés par un poëte connu de ce temps-là, Pierre Carmelianus.

Le *Compendium* de Jean de Garlande commence, suivant Tanner, par ces mots : *Grammaticam trivialis apex.* Or nous trouvons dans le numéro 546 de la bibliothèque de Bruges, ce précieux recueil des œuvres les plus classiques de Jean de Garlande, un poëme didactique d'environ quatre mille vers, dont voici le début :

> Grammaticam trivialis apex subjicit sibi firmo
> Pro pede, sed lapsu lapidum formidat hiatum,
> Schemate quos operis parvi conjungere tento.
> Sunt lapides docti; docto testante poeta,
> Si taceant homines, lapides divina reclamant.
> At tu sume tibi compendia, crucis [1] amice,
> Cujus susceptis precibus præsentia scripsi.

Il est vrai que ce poëme est intitulé, dans le manuscrit de Bruges, *Ars versificatoria;* mais, au rapport de M. Scheler [2], ce n'est qu'un « fouillis de grammaire et de rhétorique; » ce qui touche la métrique

[1] Il faut lire très-probablement *dulcis amice.* A moins que Jean le Camaldule n'ait permis de faire long l'*u* du mot *crucis.* Il a donné tant d'autres permissions!

[2] Scheler, ouvr. cité, p. 14.

y est accessoire. Remarquons, d'ailleurs, que, dans les vers cités, l'auteur donne lui-même à son poëme le titre de *Compendium : At tu sume tibi compendia.* Ainsi, nous n'en pouvons douter, l'ouvrage est mal intitulé dans le manuscrit de Bruges, et c'est bien le *Compendium grammaticæ* des anciens glossateurs et de Tanner.

Vainement nous avons recherché ce *Compendium* dans les bibliothèques de Paris; nous n'en connaissons que deux fragments cités par M. Scheler. Ces fragments suffisent pour nous apprendre que, parmi les mauvais poëtes du XIIIe siècle, Jean de Garlande est à son ordinaire le plus obscur et le plus incorrect. Érasme semble avoir fait allusion à ce long et mauvais poëme vers la fin de son *Débat de Thalie et de la Barbarie.* Il s'agit, en cet endroit, des grammairiens, et la Barbarie vante d'abord le *Floriste,* Ludolphe de Luckaw, qui, dit-elle, *a floribus sortitus est nomen.* « Des fleurs qui ne sentent pas bon, » répond Thalie. La Barbarie cite ensuite Hugution et d'autres, auxquels Thalie témoigne plus ou moins d'estime. Jean de Garlande est enfin nommé. « A tous, dit la Barbarie, je préférerais volontiers Jean de Garlande, *qui* « *tanta verborum elegantia, tanta sententiarum pollet majestate ut pauci* « *admodum sint qui eum capiant.* — *Imo nulli,* réplique vivement Tha- « lie, *nisi forte barbari sint et ipsi. Quis enim illum facile capiat qui ne se* « *ipse quidem intelligat satis*[1]? » Nous ne pouvons taxer d'injustice cette sentence peu flatteuse. Nous regrettons néanmoins, après avoir lu les fragments publiés par M. Scheler, de ne pas connaître l'ensemble de l'ouvrage, car ils contiennent deux digressions qui en font soupçonner d'autres. Or les digressions assez libres de Jean de Garlande sont généralement intéressantes. L'un des fragments cités est, par exemple, une complainte de trente-cinq vers sur les lamentables suites de la guerre entreprise contre les Albigeois. Les vers, disons-nous, sont mal faits; mais ils nous offrent cette déclaration digne d'être recueillie comme venant d'un clerc, témoin des événements et très-zélé catholique : « C'est l'ignorance du clergé qui nous a causé tous ces maux. »

[1] *Conflictus Thaliæ et Barbariei,* dans le t. I des *Œuvres* d'Érasme, col. 892.

L'autre fragment, non politique, mais littéraire, est aussi très-curieux :

> Quid dicam de præteritis variisque supinis,
> Et quid de brevibus, de longis? Non aliena
> Carmina transplanto quæ struxerat ante Johannes
> Vir Belvacensis, legiturque libellulus unus.

Ce poëte grammairien, Jean de Beauvais, n'a pas de notice dans l'*Histoire littéraire*. Il a dû vivre et mourir obscurément au XIIe siècle. Voici, du moins, quelques renseignements sur le petit livre auquel Jean de Garlande fait allusion. Dans la glose sur le *Doctrinal* qui commence par *Admirantes,* nous lisons, au fol. 25, col. 2, de notre n° 8422 : *Actor,* c'est-à-dire Alexandre de Villedieu, *dicit in littera quod quinque sunt verba neutra passiva; sed magister Belvacensis, in Libro pauperum, posuit septem, scilicet* mereor *et* prandeo, *quia ista verba formant præteritum suum per circumlocutionem, ut* pransus sum *et* mœstus sum. Et, au bas de la même colonne : Nubo *tale est quod habet significationem passivam, ut :* Mulier nubit se viro, *id est juncta est; et sic significat rem suam per modum passionis; ergo videtur quod sit neutrum passivum; et hoc dicit Priscianus et magister Belvacensis.* Ainsi le petit livre, *libellulus,* du maître de Beauvais était intitulé *Liber pauperum,* et le même glossateur, confirmant l'assertion de Jean de Garlande, nous apprend que ce petit livre était en vers : *Hoc verbum quod est* nubo *ponitur in Libro pauperum, cum dicitur :*

> *Exulo* cum *nubo,* cum *vapulo, veneo, fio.*

Enfin il en cite, quelques pages plus loin, cet autre vers :

> Ad præsens edam pueris puerilia quædam [1].

Toutes ces informations concordent avec celles qui nous sont fournies par le n° 178 des manuscrits du collége Saint-Jean-Baptiste, à Oxford, où se rencontre le *Liber pauperum,* sous le nom de Jean de Beauvais. Voici toutefois une assertion contraire. Reproduisant dans son *Doctrinal* la partie de ce poëme qui concerne les prétérits et les supins[2],

[1] Thurot, *Notices de divers manuscrits latins,* p. 515. — [2] Le même, p. 510.

Alexandre nomme Pierre et non Jean le grammairien auquel il a fait cet emprunt :

> Hinc de præteritis Petrum sequar atque supinis[1];

Évidemment le poëme copié par Alexandre est le *Liber pauperum*, et c'est bien à ce poëme que Jean de Garlande renvoie ceux de ses écoliers qui voudraient en apprendre davantage sur les prétérits et les supins. *Non aliena carmina transplanto* doit être une allusion satirique, puisque Alexandre s'était permis de faire cette « transplantation. » Mais il est bien singulier qu'Alexandre appelle Pierre un auteur que Jean de Garlande et le manuscrit d'Oxford appellent Jean.

Le fragment sur les prétérits et les supins se trouve à la Bibliothèque nationale dans deux manuscrits cités par M. Thurot[2], et un autre fragment, sur les noms, est dans le n° 6765 de la même bibliothèque, folio 61, où il commence par :

> Ad præsens edam pueris puerilia quædam.
> *A* veniens ex *us*, sine neutro, transit in *abus*.
> *Hæc* animatorum sunt discernentia sexum.
> Liber, id est Bacchus, vel vir sine compede natus;
> At liber est codex, vel raptus ab arbore cortex.

Les *Catalogues d'Angleterre et d'Irlande* nous signalent deux exemplaires du *Compendium grammaticæ* au collége Caio-Gonville. Suivant une note que nous communique M. Paul Meyer, l'un de ces exemplaires est dans le numéro 385 de ce riche dépôt.

XV

ACCENTARIUM.

Les bénédictins désignent ensuite « un traité des accents, intitulé « *Accentarium*, pour apprendre à accentuer, afin de savoir comment il « faut prononcer les syllabes. » On a conservé cet ouvrage; c'est un

[1] Thurot, *Notices de divers manuscrits latins*, p. 26. — [2] *Ibid.*

poëme de mille quatre cent vingt-six vers hexamètres, que les manuscrits intitulent *Accentuarius, De accentu, Ars accentuandi, Ars lectoria.* Dans le numéro 546 de la bibliothèque de Bruges, deux de ces titres sont réunis : *Ars accentuandi, vel Ars lectoria ecclesiæ* [1]. Leyser dit qu'il commence par *Ecclesiæ sacræ normam qui noscere.* C'est une indication inexacte. Les premiers vers de ce poëme sont :

Ecclesiæ sacræ modulans lex metrica servit,
Cujus in amplexus humilis prosodia currit.
Pulpita musa petit, lectores excitat, arte
Limitat, assignat normas, præcepta coarctat.
Hanc sibi particulam nectunt compendia, qua sit
Utilis ecclesiæ, lectori grata puello.

Les *Catalogues d'Angleterre et d'Irlande* en indiquent deux autres exemplaires, l'un au collége Caio-Gonville, l'autre chez lord Robert Burscough. Nous n'en rencontrons pas un seul à Paris. C'est encore un de nos regrets. Les vers suivants, que cite M. Scheler, contiennent d'assez intéressants détails :

Parisius, superis gaudens tanquam paradisus,
Philosophos alit egregios, ubi quidquid Athenæ,
Quidquid Aristoteles, quidquid Plato vel Galienus
Ediderant legitur, ubi pascit pagina sacra
Subtiles animas cœlesti pane refectas.
Inter quos, Galtere, meam, studiose, camœnam
Ingeniis suppono tuis. Tua gloria stabit
Extendetque tuum ventura in sæcula nomen.
Mille ducentenis ter denis quatuor annos
Conjungas annis, sunt edita scripta Johannis
Post incarnatum sacra de Virgine Verbum,
Istaque Parisius est Ars lectoria lecta.
Me vivente meis applaudit gratia dictis,
Parisiusque meam gaudet celebrare camœnam,
Quamvis sæpe stylum livor puerilis obumbret.

[1] Scheler, ouvr. cité, p. 8.

Ainsi l'auteur nous apprend qu'il acheva son poëme, dans la ville de Paris, en l'année 1234; qu'il le communiqua, cette année même, à ses élèves, et que ce nouveau produit de sa muse fut accueilli, ce dont il est très-glorieux, avec la plus grande faveur. M. Scheler fait sur ces vers une courte remarque où nous trouvons une erreur. Ce Gauthier, devant lequel Jean de Garlande s'incline avec tant de respect, n'est pas, comme le suppose M. Scheler, le chancelier Gauthier de Château-Thierry; c'est l'archevêque de Sens Gauthier de Cornut, une des gloires de l'université de Paris. Gauthier de Château-Thierry n'était pas encore, en l'année 1234, un personnage; il ne devint chancelier qu'en l'année 1244, après Eudes de Châteauroux.

L'attribution de ce poëme à Jean de Garlande ne soulève, d'ailleurs, aucune critique. Elle est confirmée par le témoignage unanime des copistes, des glossateurs [1] et des bibliographes.

XVI

SYNONYMA.

Mais cet accord des témoignages va maintenant nous manquer, et nous allons nous trouver en présence de difficultés peut-être insolubles. Nous ne les avons pas, du moins, résolues à notre contentement. Quelques anciens bibliographes attribuaient à Jean de Garlande un traité des *Synonymes*. Les bénédictins ont recueilli cette mention, et, sans avoir pris le soin de rechercher l'ouvrage, ils l'ont ainsi défini : « Un traité des Synonymes, c'est-à-dire des dictions qui signifient la « même chose. » Ils ne pouvaient en dire moins. Est-il en vers? Est-il

[1] N° 15037 de la Bibliothèque nationale, fol. 171, *verso*, col. 2 : « Idolum est imago quæ adoratur a paganis. Unde versus :

Id quod adoratur dant idola significare ;
Est dolus idoleum, quod ibi datur idolaticum,

sicut dicit magister Joannes de Gallandia in *Accentario.* » Et plus loin, fol. 172, col. 2 : « Unde magister Johannes de Gallandia in *Accentario*, ubi dicit :

Hinnulus in silvis, hinulæ quæruntur in hortis;

scilicet *escaloignes* gallice. » Du Cange cite ce vers, au mot *hinnula*, d'après un lexique anonyme, qui contient d'autres vers empruntés à Jean de Garlande. Voir aussi le n° 8320 de la Biblioth. nat., fol. 75, 76.

en prose? Voilà ce que les bénédictins paraissent avoir ignoré. Il est en vers, selon Boston de Bury, et commence par :

Ad mare ne videar latices.....

Ainsi le traité des *Synonymes* que Boston de Bury donne à Jean de Garlande est bien celui que nous trouvons, avec le nom de ce grammairien, dans le manuscrit de Vienne que M. Endlicher désigne sous le n° 303[1] et dans les n°s 4390, 5685, 5686, 7734 et 7771 de la bibliothèque de Munich, et dont voici le début :

Ad mare ne videar latices deferre, camino
Igniculum, densas vel frondes addere sylvis,
Hospitibusque pira Calabris dare, vina Lyæo,
Aut Cereri fruges, apibus mel, vel thyma pratis,
Poma vel Autumno, vel mollia thura Sabæo,
Nil veterum certis curo superaddere dictis,
Sed dare lac pueris, proponens pauca, pusillis
Quos solum ditant maternæ munera linguæ.

Ajoutons que dix éditions de ce poëme ont été publiées, sous le nom de Jean de Garlande, avant la fin du XVe siècle[2], et que Leyser, le croyant inédit, l'a remis au jour, sous le même nom, d'après un manuscrit très-défectueux de la bibliothèque de Wolfenbüttel[3]. Il n'y a donc pas de doute sur l'existence de l'ouvrage mentionné par les bénédictins; les exemplaires en surabondent. Mais la question est de savoir si Jean de Garlande en est l'auteur.

Quand Leyser l'avait inscrit à son nom, sans doute sur la foi de Boston de Bury, il ne l'avait pas fait sans méfiance. En effet, une glose jointe au manuscrit de Wolfenbüttel l'avertissait que, suivant la tradition, l'auteur de l'ouvrage était, non pas Jean de Garlande, mais bien Matthieu de Vendôme ou son disciple Geoffroi. Or voici divers manuscrits où se trouvent ces noms. Dans le n° 548 de Bruges, nos *Synonymes* sont intitulés, qu'on le remarque, *Enchiridion*, et sont attri-

[1] St. Endlicher, *Catal. cod. philol. Vindob.*, p. 166.

[2] Hain, *Repertor.*, t. II, p. 436, 437.

[3] Leyser, *Hist. poet. et poemat.*, p. 312.

bués à Geoffroi de Trani. Ils sont attribués sous le même titre à Geoffroi de Vinesauf dans le n° 385 de Metz. Dans le n° 8433 de la Bibliothèque nationale, qui est d'une assez bonne date, mais incomplet[1], se lit le nom de Matthieu de Vendôme, ainsi que dans un ancien manuscrit de Saint-Jacques de Liége signalé par M. Polain à M. Le Clerc[2].

On peut écarter sans hésitation Geoffroi de Trani. C'est l'étourderie d'un copiste qui l'a mis en cause. Ce jurisconsulte éminent n'a rien écrit en vers. Pour ce qui regarde Geoffroi de Vinesauf, c'est bien différent. M. Amaury Duval suppose que l'*Enchiridion* de Geoffroi de Vinesauf, à tort mentionné par Fabricius, est, sous un autre titre, la *Poetria*[3]; mais nos deux manuscrits de Metz et de Bruges montrent que cette supposition ne saurait être admise. Il est vrai que Fabricius, Jean Pits et d'autres encore, attribuant l'*Enchiridion* à Geoffroi de Vinesauf et les *Synonymes* à Jean de Garlande, donnent tour à tour le même ouvrage à deux grammairiens, deux poëtes du même pays et du même temps; mais il s'agit de savoir s'ils se sont trompés en nommant l'auteur de ce même livre, diversement intitulé, Jean de Garlande ou Geoffroi de Vinesauf. Tout le débat n'est pas, d'ailleurs, entre Geoffroi de Vinesauf et Jean de Garlande; nous venons de le dire, les manuscrits et les glossateurs indiquent encore Matthieu de Vendôme, et c'est précisément en faveur de Matthieu de Vendôme que s'est timidement prononcé M. Le Clerc.

Si M. Le Clerc avait connu l'attribution qui nous est recommandée par le manuscrit de Metz, peut-être l'aurait-il préférée. Quoi qu'il en soit, pour ce qui regarde l'exclusion de Jean de Garlande, nous adhérons volontiers. Les *Synonymes* ne nous semblent pas de son style. Ce sont des vers faits pour aider la mémoire; on doit donc leur pardon-

[1] Ce manuscrit commence au vers 184 de l'édition de Leyser et s'arrête au vers 430; il reprend au vers 562 pour s'arrêter encore au vers 669; enfin, après quelque trouble dans l'ordre des vers, il reprend au vers 676 et va jusqu'à la fin de l'édition de Leyser. Il se termine par ces mots : *Explicit liber Synonymorum magistri Matthæi Vindocinensis.*

[2] *Hist. littér. de la France*, t. XXII, p. 948, 949.

[3] *Hist. littér. de la France*, t. XVIII, p. 307.

ner de n'être pas ingénieux, faciles, élégants. Nous les trouvons toutefois moins techniques et moins obscurs que ceux de Jean de Garlande. Par ceux que nous avons cités on peut juger qu'ils ne sont pas tous corrects, du moins suivant la métrique de Virgile; on reconnaît, toutefois, que le tour en est poétique, et c'est déjà presque une raison suffisante pour les refuser au plus prosaïque des versificateurs. Mais nous avons, pour justifier ce refus, une raison plus probante, sinon décisive. Elle sera donnée dans le chapitre suivant.

XVII

ÆQUIVOCA.

A l'auteur inconnu des *Synonymes* nous devons encore un vocabulaire poétique des mots équivoques, des *Homonymes*. C'est ce qu'il nous apprend lui-même dans le préambule qu'on lit en tête des *Synonymes :*

Particulis opus hoc placuit complere duabus;
Multimodis prior, æquivocis pars altera cedit.

Ainsi les deux traités, les deux poëmes n'en font qu'un. *Hoc opus* désigne l'ensemble de l'ouvrage, et la première partie de cet ouvrage concerne les synonymes, la seconde les homonymes. En effet, dans le manuscrit de Wolfenbüttel vu par Leyser, dans le numéro 548 de Bruges, dans le manuscrit de Vienne cité par M. Endlicher sous le numéro 303 et dans le volume de l'ancienne abbaye de Saint-Jacques, aux *Synonymes* succèdent les *Homonymes*, commençant par :

Augustus, ti, to, Cæsar vel mensis habeto.
Augustus, tus, tui, vult divinatio dici.
Mobile cum fiat augustus, nobile signat.
Augeo dat primum, dat gustus avisque secundum.

Il est donc évident que, pour les copistes des quatre exemplaires de Vienne, de Liége, de Bruges et de Wolfenbüttel, ces deux poëmes sont deux frères germains, c'est-à-dire issus du même père, Geoffroi de Trani, Geoffroi de Vinesauf ou Matthieu de Vendôme. En quoi nous ne disons pas qu'ils se soient trompés, car la ressemblance des vers nous semble prouver leur commune origine.

Jean de Garlande a fait certainement un poëme sur les mots équivoques. Cela nous est attesté formellement par le plus authentique de nos témoins, Richard de Fournival[1]. Cela n'est d'ailleurs contesté par aucun bibliographe, et M. Louis Hain nous désigne, en effet, neuf éditions d'un poëme sur les mots équivoques publié sous le nom de Jean de Garlande dans les dernières années du xve siècle[2]. Mais, qu'on le remarque, dans tous les manuscrits où les *Synonymes* sont attribués à d'autres qu'à Jean de Garlande, les *Homonymes* sont représentés par le vocabulaire dont nous venons de citer le début :

> Augustus, ti, to, Cæsar vel mensis habeto;

et dans toutes les éditions où Jean de Garlande est désigné comme l'auteur des *Synonymes*, la partie de l'ouvrage qui se rapporte aux *Homonymes* est un vocabulaire tout différent dont voici les premiers vers :

> A nomen signat, trahitur, profertur, utrumque
> Colligit, auctorat, inspirat progrediturque,
> Principium, causam, loca, tempora signat et ortum,
> Concludit, privat, disponit, separat, infert.

C'est donc à Jean de Garlande qu'on a coutume d'attribuer le poëme qui commence, dit-on, par ces vers. Or, si nous parvenons à démontrer que ces vers font partie d'un ouvrage composé suivant une méthode tout autre que celle des *Synonymes*, d'un ouvrage mêlé de prose et de vers, où les vers sont accessoires, s'ils ne sont pas superflus, nous aurons en même temps, comme il nous semble, démontré que les *Synonymes* tant de fois édités n'en sont pas la première partie, et que les éditeurs du xve siècle n'avaient aucune raison d'accoupler deux écrits si différents.

Pour opérer un tel accouplement, ces éditeurs ont traité les *Équi-*

[1] Léop. Delisle, *Cab. des Man.*, t. II, p. 524. — [2] *Repertorium*, t. II, p. 436, 437.

voques de Jean de Garlande avec une liberté singulière. Dans l'original, la prose vient d'abord et les vers la résument, bien ou mal. Ayant rejeté la prose et conservé les vers, les éditeurs ont fait de ces vers unis par contrainte un poëme absolument inintelligible. Il est vrai qu'ils l'ont ensuite expliqué; mais ils auraient pu s'épargner cette peine en donnant tout entier le texte qu'ils ont tronqué. L'original nous est offert par trois manuscrits du XIIIe siècle, les n°s 1093, 8447 et 15135 de la Bibliothèque nationale, d'après lesquels nous allons faire voir quelle est l'économie de cet ouvrage si mal connu.

Il commence par une préface, que voici :

Quia scire distinguere sophistarum ampullas reprimit, nubem scripturarum elimat, multiplicitates explicat, proscribit ambiguum, meum circa hoc versatur propositum ut meos auditores doceam de singulis dictionibus diversas significationes habentibus, prout meæ occurret memoriæ quot modis eas me recolo in auctoribus artium invenisse. Licet ergo quandoque inseram distinctiones veteres et attritas, licet Isidori et Papionis et Alani [1] quandoque depalem volumina, in supplendo tamen quæ minus dicta sunt et addendo nova veteribus quasi novum fiet opusculum et gaudebit titulo novitatis. Non me igitur corrodant invidi, non sit nequam eorum oculis si ego meis scholaribus sum bonus; non me remordeat Theonis rabies, non in me sæviat iambus Arphilochi, quia bene confiteor quod tanto operi non sum sufficiens; sed honestum reor et utile illud parum quod in mente teneo meis scholaribus revelare. Considerato etenim quod ad hujus editionem operis meam adjuvarit balbutiem adjutorium, auditorum videlicet affectuosa petitio et eorum utilitas; considerata etiam brevitate temporis in quo istud perstruxi opusculum, quia vix fuit duorum mensium, invidorum insomnis garrulitas meæ parcet exsangui paginæ, quia, licet non reddat puteum, licet non sapiat morsuras unguinum, plura tamen utilia hic satis breviter minus scientibus perstringuntur. Unde igitur, ut cito recipiat lectoris sedulitas lectionem de qua quæsierit, præsens opus per alphabeti litteras disponetur in serie. Primo ergo dicendum est de A.

Comme on en peut juger, l'objet de cette préface n'est pas de relier un poëme à un autre poëme. Prié par ses écoliers de leur faire mieux connaître les termes équivoques, l'auteur s'est mis à l'œuvre,

[1] Alain de Lille. Son glossaire, qui est le plus souvent intitulé *Summa quot modis*, se rencontre aussi, dans plusieurs manuscrits d'une respectable antiquité, sous les titres de *Æquivoca ad Ermengaldum*, *De æquivocis theologicis*.

et, dans l'espace de deux mois, il a composé ce glossaire alphabétique qui n'est la suite d'aucun autre, et qui débute ainsi :

A. Quandoque ponitur *a* in designatione figuræ, ut hic *a* est littera triangularis, vel *a* est nomen indeclinabile; et secundum hoc tenetur materialiter, sed ratione proprii nominis, ut apud Priscianum; dicit enim quod hoc nomen *Roma* finitur in *a*. Quandoque ponitur in designatione figuræ et elementi, ut apud Priscianum; dicit enim quod *ago* mutat principalem litteram, scilicet *a* in *e*; hæc enim figura *e* ponitur pro hac figura *a* et hoc elementum *e* pro hoc elemento *a*. Quandoque est præpositio, et secundum hoc notat actionem, ut hic : *A* domino factum est istud, et cet.; quandoque inspirationem, ut hic : Responsum accepit Simeon *a* Spiritu Sancto, id est per inspirationem Spiritus Sancti. Quandoque notat processionem, ut hic : Spiritus qui *a* Patre procedit, et cet. Quandoque notat principium, ut hic : Porphyrius incipit *a* genere. Quandoque notat causam, ut hic : *A* voce tonitrui tui formidabunt. Quandoque motum, ut hic : Exiit *a* domo. Quandoque locum cum extensione, ut hic : *A* solis ortu usque ad occasum . . .

Puis, après un certain nombre d'autres explications, viennent les vers mnémoniques qui les abrégent :

A nomen signat, trahitur, profertur, utrumque
Colligit, auctorat, inspirat progrediturque,
Principium, causam, loca, tempora signat et ortum,
Concludit, privat, disponit, separat, infert.

De même au paragraphe suivant. Le second homonyme étant, dans l'ordre alphabétique, le mot *ala*, le grammairien commence par exposer en prose tous les sens de ce mot :

Ala quandoque ponitur pro agmine vel turba, ut apud Prudentium : Dictis mordacibus *alam;* et apud Alexandrum : Improvisus adest et mutis applicat *alas*. Quandoque dicitur vana religio hypocritarum; unde Job, loquens de hypocritis, etc. etc.

Ensuite il résume en vers tout le paragraphe :

Turba, superstitio, protectio, gratia, vana
Actio, pars hominis, pars alitis, hæc notat ala.

Mais souvent le terme équivoque, dont la prose vient de faire connaître tous les sens, ne se lit pas dans les vers. Ainsi le troisième mot du glossaire, *alter*, manque dans les vers mnémoniques; de même le septième, *argumentum*, etc. etc. C'est pourquoi les vers détachés de la prose sont fréquemment inintelligibles. Si, la prose écartée, l'on vous donne ce vers

> Est demon, regio, Boreas, venti laterales,

on vous propose une énigme. Le terme équivoque n'est pas exprimé; quel est-il? Oui, c'est bien là ce qu'on appelle proprement, sans figure, une énigme. Vous trouverez peut-être en ce cas, non sans quelque effort d'esprit, le terme absent; c'est *aquilo*. Mais certainement vous ne le trouverez pas toujours. Voici les vers :

> Se duplicat, verbale negat regimen, veniam dat,
> Non regit, oblitum non evocat, et regimento
> Non eget, et removet picturam mobilis a se;

avez-vous deviné, avez-vous pu deviner, sans l'aide de la prose, que le mot de cette autre énigme est *absolutio?*

Les éditeurs du XVe siècle ont fait grand tort à Jean de Garlande en supprimant la prose de son traité des *Équivoques*. Ils auraient dû plutôt supprimer les vers. L'ensemble de la prose nous aurait offert une des œuvres les plus recommandables de cet écrivain trop fécond. Sans y faire preuve d'un esprit inventif, il s'y montre suffisamment instruit en grammaire et même en logique. Nous y trouvons aussi quelques notes à recueillir pour l'histoire littéraire. Celle-ci, par exemple, concernant Gauthier de Châtillon : *Magister Gualterus, qui composuit Alexandreida, cum percuteretur a lepra, dixit : « Versa est in luctum cy- « thara mea; » id est Gualteri gaudium*[1]. Voilà un nouveau témoignage sur la triste fin d'un vrai lettré, qui fut peut-être le meilleur poëte du XIIe siècle[2]. Plus loin, l'épitaphe de Pierre le Mangeur est rapportée tout entière[3], comme ayant été composée par cet illustre reclus; ce qui confirme la tradition des Victorins[4].

[1] N° 8447, fol. 5; n° 1093, fol. 31.

[2] *Histoire littér. de la France*, t. XV, p. 101.

[3] N° 1093, fol. 37, v°.

[4] *Histoire littér. de la France*, t. XIV, p. 14.

L'opinion commune est, on l'a dit, que ce traité des *Équivoques* appartient à Jean de Garlande. Mais ce n'est pas une opinion incontestée; contre elle se déclarent le copiste du n° 674 de Saint-Omer et un glossateur anonyme, qui mettent l'ouvrage au compte de Matthieu de Vendôme. Annotant le *De modis significandi* de Jean Josse de Marville, ce glossateur s'exprime ainsi : *Accipitur forma prout est idem quod figura, sicut diceretur : Homo est formosus; ut Matthæus ponit illos versus :*

Semper inest forma, verbo tamen appropriatur,
Necnon nominibus est forma trahitque figuram [1];

et deux vers presque semblables se lisent dans le traité que nous avons attribué sans difficulté, sur le témoignage de la tradition, à Jean de Garlande. Mais, si nous avons clairement prouvé que, dans ce traité, les vers ne doivent pas être séparés de la prose, notre glossateur a commis une erreur manifeste. Matthieu de Vendôme, peut-être mort avant Alain de Lille et Gauthier de Châtillon, ne les a certainement pas cités comme on cite d'anciens maîtres. D'ailleurs, le ton scolastique de l'auteur, les citations qu'il fait de plusieurs livres d'Aristote inconnus à Matthieu de Vendôme, dénotent un écrivain postérieur. C'est Jean de Garlande; nous n'en doutons pas.

Nous avons maintenant à conclure.

Si Jean de Garlande est le véritable auteur du traité sur les *Équivoques* qui se rencontre sans nom dans les nos 1093, 8447 et 15135 de la Bibliothèque nationale, mais avec son nom dans le n° 5666 de Munich et dans les neuf éditions mentionnées par M. Hain, certainement il n'est pas l'auteur du poëme sur les *Homonymes* que lui donnent Boston de Bury, Leyser, Fabricius et divers autres manuscrits de Munich; on ne peut, en effet, admettre qu'il ait composé sur la même matière et dans le même dessein deux ouvrages aussi différents l'un de l'autre. Nous ajoutons que si ce poëme sur les *Homonymes* est de Matthieu de Vendôme, ou de Geoffroi de Vinesauf, c'est à Matthieu

[1] Biblioth. nat., man. lat., n° 15122, fol. 74, v°.

de Vendôme, c'est à Geoffroi de Vinesauf qu'il faut pareillement attribuer le poëme sur les *Synonymes*, l'un de ces deux poëmes étant la suite de l'autre, ou plutôt ces deux poëmes n'en faisant qu'un. Voilà notre conclusion. Nous la tirons, il est vrai, de conjectures, mais de conjectures qui nous semblent à peu près justifiées.

XVIII

UNUM OMNIUM.

Bale après Boston de Bury, Leyser après Bale, les bénédictins et Fabricius après Leyser mentionnent sous ce titre obscur, *Unum omnium*, un écrit de Jean de Garlande sur une matière non définie, commençant par : *Commoda neglectis dum quærunt.* Les *incipit* donnés par Boston de Bury sont généralement inexacts; ce qui nous inspire des doutes sur l'exactitude de celui-ci. Quoi qu'il en soit, les exemplaires de cet ouvrage, s'il en existe, doivent être rares. Nous n'en saurions désigner aucun.

XIX

CLAVIS COMPENDII.

Les bénédictins supposent que l'ouvrage indiqué sous ce titre par Sanders, d'après un manuscrit de l'abbaye des Dunes, est encore un abrégé de ce traité d'alchimie dont nous avons raconté la fortune bizarre. Le volume vu par Sanders à l'abbaye des Dunes est présentement le n° 546 de la bibliothèque de Bruges. Il contient, en effet, l'écrit intitulé *Clavis compendii.* Mais cet écrit n'est pas un autre traité d'alchimie; c'est un autre traité de grammaire, un long poëme, de deux mille deux cent cinquante vers, que l'auteur appelle la clef de son *Compendium grammaticæ.* Cette explication nous est fournie par les deux premiers vers :

> Artis grammaticæ dudum compendia quædam
> Protraxi, quorum clavem tenet iste libellus.

M. Scheler a publié quelques extraits de ce poëme[1]. C'est tout ce que nous en connaissons.

XX

COMPUTUS.

Ce *Computus*, ou *Compotus*, est mentionné par Boston de Bury, Bale, Pits et Fabricius. Fabricius en désigne même plusieurs exemplaires. Mais les bénédictins n'admettent pas cette attribution. Il leur semble que les bibliographes cités ont ici confondu Jean de Garlande avec maître Gerland, chanoine de Saint-Paul, à Besançon, auteur d'un *Computus* qui a longtemps joui d'une grande célébrité. Cette supposition nous paraît bien fondée. Nous sommes, on le voit, quelquefois d'accord avec nos vénérables prédécesseurs.

XXI

DE ORTHOGRAPHIA.

Les bénédictins avaient d'abord omis cet ouvrage. Ils ont ensuite corrigé cette omission[2] sur une indication de Leyser recueillie par Fabricius. Leyser dit avoir rencontré dans la bibliothèque de Wolfenbüttel un poëme sur l'orthographe commençant par ces vers :

> Si quis in ecclesia legis usquam verbula diva,
> Ut vites vitia sis doctus in orthographia.

Il ajoute qu'on lit à la fin de ce poëme : *Explicit liber de Orthographia cujus Io. de Garlandia fuit causa efficiens, et notandum quod extraxit istum librum de majori volumine Prisciani*[3]. Cette attribution très-précise est néanmoins contredite. En effet, le même poëme se trouve dans le n° 548 de Bruges sous le nom de Guillaume de Lombardie[4]. Quel est ce Guillaume de Lombardie? On ne le sait guère. Le manuscrit que

[1] Scheler, ouvr. cité, p. 4-6.

[2] *Hist. littér. de la France*, avertissement du t. VIII.

[3] Leyser, ouvr. cité, p. 340.

[4] Laude, *Catal. des man. de Bruges*, p. 488, 489.

possède aujourd'hui la bibliothèque de Bruges était autrefois à l'abbaye des Dunes, et Sanders, en ayant fait la rencontre dans cette abbaye, l'avait signalé. Sur cette indication de Sanders, Fabricius a proposé d'assigner l'ouvrage à un frère Prêcheur, nommé Guillaume le Lombard, qui aurait commenté, dit Laurent Pignon, Boëce et le faux Denys de l'Aréopage[1]. Mais cette conjecture ne paraît pas suffisamment justifiée. Quétif et Échard ne l'avaient pas faite, n'ayant connu ce Guillaume le Lombard que par Laurent Pignon[2], et très-probablement l'inscription du manuscrit de Bruges se rapporte à un autre Guillaume, du même pays, mais qui n'était pas frère Prêcheur. Quoi qu'il en soit, l'auteur du poëme reste douteux. Ce que l'on peut affirmer, c'est que les dix vers cités par Leyser ressemblent beaucoup à ceux de Jean de Garlande. Ils ne sont ni moins incorrects, ni moins obscurs.

Ici nous achevons l'examen du catalogue dressé par les bénédictins. Nous avons maintenant à parler d'autres œuvres authentiques ou supposées, qui, n'ayant été signalées ni par Boston de Bury, ni par Leyser, ni par Fabricius, sont demeurées inconnues aux premiers auteurs de notre *Histoire littéraire*.

XXII

LIBELLUS METRICUS DE VERBIS DEPONENTIALIBUS.

Nous commencerons la série de nos additions par quelques œuvres imprimées au xve siècle. Ainsi les bénédictins les auraient connues, si leurs recherches avaient été plus scrupuleuses.

Il s'agit d'abord d'un poëme mnémonique intitulé *Verborum deponentialium Tractatus* dans deux éditions in-4°, sans nom de lieu ni d'imprimeur, et *Metricus de verbis deponentialibus libellus* dans une autre édition, pareillement in-4°, qui fut publiée dans la ville d'Anvers, en l'année 1486, par Gérard Leeu. M. Louis Hain signale ces trois éditions[3], et, dit-il, le nom de l'auteur, Jean de Garlande, se lit dans une

[1] Fabricius, *Biblioth. med. et inf. ætat.*, t. III, p. 152.

[2] *Scriptor. ord. Prædicat.*, t. I, p. 726.

[3] *Repertorium bibliogr.*, t. II, p. 437.

glose jointe au texte. M. Le Clerc ne doute pas de la véracité de cette attribution[1]. Voici les premiers vers des éditions citées par M. Hain :

> Vescor cum potior, fruor addas, fungor et utor.
> Utimur utilibus, fruimur cœlestibus escis,
> Vescimur æternis, potior dape, fungor honore.
> Ista notant usum; quartum sextumque secundum
> Deposcunt casum, potius tamen addito sextum.

A la suite de ces vers se lit, en effet, une glose qui les attribue dubitativement à Jean de Garlande : *Ut aiunt nonnulli, Johannes de Garlandria, videns errorem plurimorum non habentium differentiam inter verba deponentialia et verba passiva, hunc libellum de verbis deponentialibus metrice collegit.* Ainsi le glossateur hésite, *aiunt nonnulli;* quelques-uns prétendent que ce poëme est de Jean de Garlande, mais cela n'est pas certain.

Les manuscrits nous donnent-ils à cet égard de plus sûres informations? Les vers que nous venons de citer se rencontrent sans nom d'auteur dans les n°s 3197 de Vienne, 7749, 14254 et 14958 de Munich. Ils sont attribués par les n°s 5670, 5686 et 6033 de Munich à certain chanoine qui semble avoir lui-même caché son nom, *canonicus quidam Hildensis;* enfin le catalogue de la même bibliothèque les inscrit, sous les n°s 7734 et 7762, au nom de Jean de Garlande, mais en laissant douter que cette attribution soit de bonne date. Les manuscrits, comme on le voit, nous éclairent peu.

Or, dans le temps même où ces vers étaient trois fois imprimés comme étant, disait-on, d'un vieux maître, de Jean de Garlande, ils étaient onze fois mis sous presse à Deventer, à Memmingen, à Cologne, en d'autres villes, sous le nom d'un grammairien vivant et de grand renom, Jean Sinthem, ou Synthen. Voilà ce que nous attestent formellement Maittaire, Panzer et M. Hain[2]. Une au moins de ces onze éditions étant de Deventer, où résidait Jean Sinthem, il ne s'agit pas,

[1] *Hist. littér. de la France*, t. XXII, p. 102.

[2] *Repertorium bibliogr.*, t. IV, p. 326-327.

comme il semble, d'une erreur, il s'agit d'un larcin. Les vers se lisent, en effet, en des manuscrits qui paraissent antérieurs à Jean Sinthem. Mais un tel larcin n'est vraiment pas supposable. Ce que l'on doit plutôt supposer, c'est que Jean Sinthem a fait une glose savante sur des vers anciens, et que l'auteur de ces méchants vers, dont les titres des éditions ne parlent pas, est Jean de Garlande ou le chanoine innommé d'Hildesheim, c'est-à-dire, comme il semble, le *Floriste* Ludolphe de Luckaw.

XXIII

DE VERBORUM COMPOSITIS.

Encore un poëme, accompagné d'une glose continue. Le poëme commence par :

> A sipo composita sunt obsipo, dissipo dicta.
> Obsipo spargo notat, dissipo dividere.
> Ad pulli pastum quoque pertinet hoc sipo verbum,
> Suboque porcorum pertinet ad coitum;

et ainsi commence la prose :

> Sipo significat primo farinam, ad faciendum pultem, aquæ immittere; secundo est spargere edenda pullis; tertio est comminuere panem ad faciendum brodium. Obsipo est spargere, ut : Non sunt indignis digna obsipanda; Margaritas porcis noli obsipare; Ignis indigens cineribus obsipatum quæritet necesse est. Dissipo primo est dilapidare et inutiliter expendere, ut : Profuse sua dissipantem a tergo plerumque pauperies comitatur vel insequitur.....

Il n'est pas besoin de citer davantage. Au style de cette glose on reconnaît aussitôt qu'elle n'est pas du XIIIe siècle; et particulièrement Jean de Garlande n'a jamais écrit avec cette facilité. Mais les vers peuvent être de lui; car, dans le premier, se rencontre une licence généralement répudiée vers la fin du XVe siècle, et, dans le dernier, une faute de quantité condamnée dans tous les temps. Horace et Lucrèce s'accordent à faire bref l'*u* de *subo*.

Les manuscrits qui nous offrent les vers seuls ou suivis d'autres gloses sont, pour la plupart, anonymes. Les n°s 7649 et 7762 de Munich donnent les vers à Jean de Garlande; mais une autre copie nous est signalée par les *Catalogues d'Angleterre et d'Irlande*, dans la bibliothèque de la Sainte-Trinité de Dublin, avec cet avertissement : *A quibusdam adscriptus saxoni canonico ecclesiæ Hildesheymensis, ab aliis Joanni de Garlandia.* On le voit, le poëme sur les verbes composés est, suivant les manuscrits, du même auteur que le poëme sur les verbes déponents; mais cet auteur est tantôt Jean de Garlande, tantôt le chanoine d'Hildesheim.

Quant aux éditions imprimées, une de Gérard Leeu, Anvers, 1486, est inscrite par M. Hain au nom de Jean de Garlande [1]; mais dans les autres éditions, au nombre de dix-sept, qui parurent vers le même temps à Deventer, à Cologne, à Heidelberg, à Leipzig, à Reutlingen, à Augsbourg et ailleurs [2], avec une glose de Jean Sinthem, l'auteur des vers n'est pas nommé. Est-ce Jean de Garlande? Est-ce Ludolphe de Luckaw? Les vers de l'un valent ceux de l'autre.

XXIV

NOMINA ET VERBA DEFECTIVA.

M. Hain mentionne deux éditions de cet écrit, l'une et l'autre in-4°, de date incertaine [3]. Elles commencent, dit-il, par : *Circa initium terminorum defectivorum;* mais n'est-ce pas l'*incipit* d'une glose à laquelle appartient encore cette phrase citée par M. Hain : *Iste est liber terminorum defectivorum a magistro Johanni de Garlandia compilatus ex diversis auctoribus?* Nous n'avons pu découvrir, dans les diverses bibliothèques de Paris, un seul exemplaire de ces éditions; ce qui nous réduit à faire des conjectures. Dans un manuscrit de la bibliothèque royale de Munich, sous le n° 5686, se trouve un *Liber terminorum defectivorum* qui porte le nom de Jean de Garlande et commence par : *Cum defectiva generant ambiguas voces.* Est-ce l'*incipit* d'un autre ouvrage? Est-ce l'*in-*

[1] Hain, *Repertorium*, t. II, p. 437.

[2] *Ibid.*, t. IV, p. 326-327.

[3] *Repertor. bibliogr.*, t. II, p. 437.

cipit d'une autre glose sur le même texte? Il paraît certain que Jean de Garlande est auteur d'un traité sur les noms et les verbes qui manquent de certains cas, de certains temps; mais les informations que nous avons pu recueillir sur ce traité ne sont pas, comme on le voit, assez précises.

XXV

DE TRIUMPHIS ECCLESIÆ.

Ce poëme, en vers élégiaques, est le plus considérable des ouvrages laissés par Jean de Garlande. M. Thomas Wright l'a publié pour la première fois en l'année 1856, in-4°, d'après un manuscrit du Musée britannique. Une copie moderne de ce manuscrit est à la Bibliothèque nationale, sous le n° 1225 des Nouvelles acquisitions. Il y a beaucoup de fautes dans cette copie; il y en a beaucoup aussi dans l'édition de M. Wright. On doit donc supposer que l'original est assez défectueux.

L'attribution de ce poëme à Jean de Garlande n'est pas contestable. Il est vrai que les anciens bibliographes ne l'ont pas connu. Mais il y a bien d'autres omissions dans leurs catalogues. Non-seulement le manuscrit édité par M. Wright présente le nom de Jean de Garlande, mais l'auteur se déclare lui-même lorsqu'il raconte diverses circonstances de sa vie très-agitée. Nous n'avons pas à discourir ici sur des indices douteux. Nous tenons le certain.

Dans ce poëme diffus, composé sans aucune méthode, sont, en effet, particulièrement célébrés les triomphes de l'Église sur les hérétiques albigeois et sur les infidèles musulmans. Cependant ce n'est pas là tout ce qu'on y trouve; il y a de plus un grand nombre de digressions inattendues sur d'autres sujets, chrétiens ou profanes. M. Le Clerc en ayant déjà donné l'analyse[1], nous ne recommencerons pas un travail si bien fait. Il nous suffira de signaler quelques passages du

[1] *Histoire littér. de la France*, t. XXII, p. 79-95.

poëme qui se rapportent à l'histoire littéraire. Voici d'abord quelques vers où nous lisons le nom de Jean Beleth :

Sicut Beletici testantur scripta Johannis,
Sanguineos fluxus fudit imago crucis;
Hanc Judæa domo quadam conspexit et illam
Vidit sanguineam, dum violavit eam. . .
Dæmonis in fanum Judæus tempore noctis
Venit, et advenit dæmonis horror ei.
Se cruce signavit, signatum vas bene dæmon,
Sed vacuum dixit; credidit ergo timens.
Nec præsul tetigit monialem quam tetigisse
Proposuit, sicut dixerat unus ibi [1].

Ces vers ont évidemment pour objet d'abréger le chapitre cent vingt-cinquième du *Rationale divinorum officiorum*. Mais l'abréviateur s'exprime en des termes qui ne sont pas plus clairs que poétiques. La légende de la croix sanglante manque dans le texte original de Jean Beleth. Le juif qui chasse les démons appelés par lui-même, c'est Julien l'Apostat. L'évêque, *præsul*, qu'on pourrait ici confondre avec le Juif, est nommé, dans la prose, Cyprien; la nonne, *monialis*, est sainte Justine. Jean Beleth nous raconte une fable pleine d'anachronismes, mais où les faits s'enchaînent; alors même qu'on ne le croit pas, on le comprend. Mais on ne comprend pas Jean de Garlande, qui, pour avoir longtemps affecté d'être obscur, en a contracté l'habitude. Comme il n'est pourtant pas vraisemblable qu'il ait pris l'empereur Julien pour un Juif, ce n'est peut-être pas lui que nous corrigeons en lisant *Julianus* pour *Judæus;* c'est plutôt un copiste ou l'éditeur. Les vers suivants, qui concernent un contemporain du poëte, offrent plus d'intérêt :

Effectus laïcus fuit hic [2] in tempore doctor
Oxoniæ, viguit sensibus ipse tamen.
Omni litterula privatus, scivit et ivit
Ut laïcus, sero vir Plato, mane rudis.

[1] Édit. de M. Wright, p. 37. — [2] Lisez *hoc*.

Hic de Londoniis fuerat dictusque Joannes,
Philosophos juveni legerat ante mihi[1]...

Hoc in tempore, c'est-à-dire vers l'année 1212, les faits que raconte le poëte, soit avant, soit après cette digression sur Jean de Londres, s'étant accomplis de l'année 1206 à l'année 1216. Remarquons, d'ailleurs, qu'il fait prédire à Jean de Londres les dernières aventures de Jean-sans-Terre, la révolte de ses barons, ses guerres malheureuses contre le roi de France, sa fuite et sa mort; ce qui prouve clairement qu'il s'agit d'une prédiction antérieure à l'année 1213. Quel est donc ce Jean de Londres, ce laïque devenu docteur en l'université d'Oxford, cet autre Platon qui, dirigeant les premières études de Jean de Garlande, lui fit connaître les anciens philosophes? M. Le Clerc ne s'explique pas comment il pourrait être question, en l'année 1212, de ce Jean de Londres, très-savant naturaliste, que Roger Bacon envoyait en 1266 au pape Clément IV, en lui disant : « Il a vingt « ans, mais nul ne connaît mieux la vraie philosophie. » Né conséquemment en 1246, ce Jean de Londres n'avait pu donner des leçons à Jean de Garlande plus ou moins longtemps avant l'année 1212. M. Le Clerc fait donc ici plusieurs conjectures, dont la plus vraisemblable est qu'il s'agit d'un autre Jean de Londres[2]. En effet, nous en connaissons un autre, que Roger Bacon appelle non pas son disciple, mais son maître, le plaçant au rang d'honneur parmi les anciens, près de Robert de Lincoln, bien au-dessus d'Albert le Grand et d'Alexandre de Halès, qu'il traite, on le sait, avec un étrange mépris. Le premier éditeur de l'*Opus majus*, Samuel Jebb, suppose que cet autre Jean de Londres est Jean Peacham, et c'est une supposition admise par M. Cousin sans aucune méfiance. Mais le dernier biographe de Roger Bacon, M. Emile Charles, ne l'admet pas et propose Jean Basingestokes, qui fut un des grands amis de Robert de Lincoln[3]. Pour la date, Jean Basingestokes conviendrait mieux; cependant, ce qu'on sait de sa vie ne

[1] Page 53 de l'édition de M. Wright.

[2] *Hist. litt. de la France*, t. XXII, p. 83.

[3] M. Emile Charles, *Roger Bacon*, p. 15.

s'accorde guère avec les renseignements fournis par Jean de Garlande. Il n'était pas laïque, puisqu'il était archidiacre de Leicester. Quoi qu'il en soit, le *Joannes de Londoniis* dont Jean de Garlande fut un des élèves paraît bien être le *Joannes Londonius* si fort vénéré par Roger Bacon.

M. Le Clerc a déjà reproduit les vers suivants sur Alain de Lille :

Flandria quem genuit, vates studiosus Alanus
  Contudit hæreticos edomuitque prius;
Virgilio major et Homero certior, idem
  Exauxit studii Parisiensis opes[1].

Quand on sait quel poëte était Jean de Garlande, on ne s'étonne pas trop de le voir préférer les vers d'Alain à ceux de Virgile. Mais il faut remarquer les premiers mots de ces distiques: *Flandria quem genuit.* C'est un témoignage de plus sur la vraie patrie d'Alain de Lille, que des critiques anglais s'obstinent à compter parmi les écrivains de leur pays.

Les règles de l'art prescrivent, dans un poëme épique, l'unité de l'action. Nous ne trouvons, dans les *Triomphes de l'Église*, que l'unité de la passion : la passion contre les infidèles et les hérétiques. Jean de Garlande détestait particulièrement les hérétiques, et presque à chaque page de son poëme se lit quelque invective à leur adresse. Nous ne disons pas qu'il ait épuisé contre eux le vocabulaire des injures consacrées. Ce vocabulaire est, en effet, bien considérable, comme on en peut juger par deux chapitres des *Erotemata* de Théophile Raynaud[2]. Nous disons simplement qu'il ne négligeait aucune occasion de les malmener. Ce qu'il faisait encore même sans occasion, sans à-propos. Ainsi les plus anciens manuscrits de son *Dictionnaire* se terminent par une tirade contre les incrédules qui manque dans toutes les nouvelles éditions, même dans celle de M. Scheler. Évidemment l'à-propos n'y est pas.

[1] Édition de M. Wright, p. 74.

[2] *Erotemata de malis ac bonis libris*, part. VIII, erot. 9. Voir surtout le chapitre intitulé *Alphabetum bestialitatis hæreticæ, ex Patrum symbolis.*

XXVI

EXEMPLA HONESTÆ VITÆ.

Aucun des anciens bibliographes n'a connu cet écrit. Nous le trouvons cité pour la première fois, d'après un catalogue, dans la *Bibliothèque de l'École des chartes* de l'année 1856, p. 403. Le volume, objet de cette mention, porte aujourd'hui le n° 10358 parmi les manuscrits latins de la Bibliothèque nationale, et voici le titre complet de l'écrit désigné : *Exempla honestæ vitæ quam debent habere prælati, coloribus verborum et sententiarum insignita.* On ne s'attend guère à trouver sous ce titre une rhétorique en vers élégiaques; mais l'explication de ce titre obscur est donnée dans le prologue qui suit :

Rhetoricos a me petis, o dilecte, colores.
  Eloquii phaleras a Cicerone petas.
Clauda mihi Clio servit, quæ poplite flexo
  Paret, rhetorico pectine pexa parum.
Hic exempla patent vitæ præsentis honestæ,
  In qua prælatos vivere quosque decet.
Neumatis almiphoni mihi gratia florida carmen
  Pingat et incœptis annuat illa meis!
Papa, decus patrum, faveat mihi, porrigat aures
  Gratia pontificum prona favore mihi!

Ainsi, pour satisfaire un de ses amis, l'auteur va mettre en vers quelques sentences morales, en prenant soin de varier les formes de son discours, de manière à fournir des exemples de toutes les figures de la rhétorique. Nous avons un poëme semblable sous le nom de Marbode [1]. Celui-ci commence par :

Versificaturo quædam tibi tradere curo
Schemata verborum, studio celebrata priorum . . . ;

et, après une préface de quinze vers, vient le traité didactique, dont

[1] Hildeberti et Marbodi *Opera*, edente Beaugendre, col. 1587.

le premier exemple concerne la répétition. Jean de Garlande ne présente pas ses figures dans le même ordre; mais ici l'ordre n'importe guère. Les vers de l'un et de l'autre poëme sont d'ailleurs également médiocres. Cependant ceux de Jean de Garlande offrent plus d'intérêt, parce qu'il y parle souvent de lui-même, de ses patrons, de ses amis. Le premier exemple que nous citerons se rapporte à la nomination, *Annominatio cum diversis specibus suis :*

Patronum laudo qui fecit cuncta supremum,
Supremum cuncta qui fecit laudo patronum.
Debent donari validis dignissima dona,
His dare dignetur præmia digna Deus!
Anglia, processi de te, cui cesserat orbis;
Angelus accessi Parisiusque fui.
Parisius vici cum sit Garlandia nomen,
Agnomen florens contulit illa mihi.

Si donc le nom de l'auteur ne se lit pas au titre de ce poëme, il se lit où ne peut se rencontrer aucune erreur, aucune fraude, dans le texte de l'ouvrage. L'auteur se nomme lui-même. Ne négligeons pas de signaler, dans les vers cités, un nouveau témoignage relativement au pays natal de Jean de Garlande. Les bénédictins l'avaient cru Français[1], peut-être de l'illustre maison de Garlande, du moins né dans le bourg, sinon dans le château de Garlande, en Brie. M. Le Clerc avait corrigé cette erreur et prouvé qu'il était Anglais, en citant ces deux vers du poëme *De triumphis Ecclesiæ :*

Anglia cui mater fuerat, cui Gallia nutrix,
Matri nutricem præfero mente meam[2];

mais en disant que cet Anglais, devenu professeur à Paris, avait pris son surnom de la rue de Garlande, la plus fréquentée par les écoliers, M. Le Clerc avait fait une simple conjecture[3]. Cette conjecture est ici confirmée par la déclaration la plus authentique.

[1] *Hist. litt. de la France*, t. VIII, p. 83-85.
[2] *Ibid.* t. XXI, p. 370; t. XXII, p. 82.
[3] *Histoire littéraire de la France*, t. XXI, p. 372.

Les fleurs ou figures de la rhétorique sont de deux espèces, *colores, flores, phaleræ vocum* et *colores, flores, phaleræ sententiarum*. L'auteur fait d'abord connaître les figures de mots. Voici l'exemple de l'antithèse :

Pastor non dormit, sed mercenarius; obstat
   Ille lupis, fugit hic et lacerantur oves;

tel est celui de la métonymie :

Crux, cambuca [1], liber sunt instrumenta fidelis
   Præsulis, officiis appropriata suis.
Trasa [2] sacerdotum si nulla focaria sternit,
   Ad calicem veniant Ecclesiamque regant;

et celui de la liaison, avec un intervalle de pause :

Lucet in exemplum Manselli vita Joannis,
   Eloquio, gestu, jure, vigore, fide.
Castos, discretos, largos secum tenet; illi
   Sit pax vita, salus palma, corona Deus!
Urbes, rura, freta, vada, sylvæ ditia dona
   Præbent prælatis Ecclesiæque Dei.
Proclivis monachus, patiens prior, inclytus abbas,
   Præradians aliis præsul ad astra volant.

L'auteur avait dit précédemment du même Jean Mansel :

Galvano valido similis, Manselle Joannes,
   Gestibus et gestis ampla trophæa geris.

Plus loin il dira :

Dextra manus regis, Mansellus ad arma Joannes
   Providus in factis consiliisque manet.
Illius auxiliis caste [3] rex peregrinis
   Confirmat tutam per sua sceptra viam;

[1] Le bâton pastoral.

[2] Mot contracté, comme il semble; le mot entier serait *traversalia*.

[3] Il nous manque un autre texte pour corriger ce terme impropre et ce vers faux.

Ejus cautelis Germania bellica regem
Fecit Ricardum præposuitque sibi.
Dum facit ex facili quod vatibus est labor, ejus
Ingenium promptum carmina pulchra probant.
Anglica sceptra ferunt rex et regina, coæquat
De justo justum sponsa proboque probam.

Voilà des renseignements historiques que l'on doit être surpris de rencontrer dans un poëme sur l'art de bien dire. Le riche et puissant Jean Mansel, le plus intime conseiller d'Henri III, avait rendu sans doute quelques services à maître Jean de Garlande. C'est là ce que semblent dire ces deux vers, où le poëte montre plus de reconnaissance que de modestie :

Dum facit ex facili quod vatibus est labor, ejus
Ingenium promptum carmina pulchra sonant.

En fait, ce que les vers cités rapportent sur la vie publique de Jean Mansel était déjà connu. Matthieu Paris nous atteste et sa vaillance sur les champs de bataille et son influence dans le conseil du roi [1]; il parle même de son voyage en Allemagne, dont le but fut, en effet, l'élection de Richard comme roi des Romains [2]. Mais ce que n'avait pas dit Matthieu Paris et ce que nous apprend Jean de Garlande, c'est que Jean Mansel avait fait ses études à Paris, où il avait été reçu docteur. Deux autres vers relatent cette intéressante particularité :

Dudum Parisius doctor, Manselle Joannes,
Fortius est nisu curia fulta tuo.

Docteur en théologie? Cela est probable. Il est même possible que Jean Mansel ait enseigné quelque temps, peut-être à Paris. Il faudrait, en ce cas, le compter au nombre des régents les mieux servis par la Fortune.

[1] Matthæus Paris, *Hist. maj.*, ad ann. 1242, 1243, 1244.

[2] Matthæus Paris, *Hist. maj.*, ad ann. 1257.

Voici le prologue de la seconde partie, qui concerne les figures appelées par l'auteur *colores sententiarum :*

Explicui vocum phaleras; sententia pingi
  Postulat, ut sapiat clausa medulla favum.
Dant Garlandensis florentia serta Joannis
  Flores Parisius quos dedit hortus ei.
Isti sunt flores vaccinia nigra, ligustra;
  Tullius alba dabit floridiore modo.

Parmi ces fleurs de sentences se rencontre sous ce titre, *Significatio, cum quodam dignitatis et laudis,* l'éloge du roi d'Angleterre, Henri III :

Rex dilecte Deo, regum largissime, sanctum
  Qui colis Edwardum, quem veneraris amas.
In Domino confide, tuos tibi cedere cernes
  Hostes, submittent qui sua colla tibi.
Magnanimos atavos tibi contulit Anglia reges;
  Cum sis magnanimus rex, bene regna reges.
Rex sacer Edwardus virgo permansit, amore
  Cujus submersit agmina Dacha Deus.
Istud Londoniis rex sanctam vidit ad aram,
  Corpus adoraret cum sacer ille Dei.

Sous cet autre titre, *Demonstratio rerum gestarum, narratio cum circumstanciis suis,* figurent d'autres éloges, généralement plus concis :

Laus Alienoræ non hanc alienat ab auro,
  Aurea cui virtus corda serena ligat.
Thesauri custos, venerande Philippe, refulges
  Aureus egregiis moribus ante Deum.
Est Orivallensis Petrus quasi splendida vallis,
  Splendor enim græco nomine fertur orin.
Simon, legitime qui regum ducit habenas,
  Scrutatur rectas persequiturque vias.

On ne connaît pas un autre manuscrit de cette rhétorique. A-t-elle été peu goûtée? Il y eut, au moyen âge, beaucoup de hasard dans le succès des livres. Celui-ci ne vaut rien; mais le poëme semblable de Marbode ne vaut pas davantage, et il a été souvent copié.

XXVII

COMMENTARIUS.

Nous pouvons citer deux manuscrits de ce *Commentaire* inédit, l'un dans le n° 546 de Bruges, l'autre dans le n° 385 du collége Caio-Gonville, à Cambridge. Il est en prose, et commence par :

Commentarius liber iste curialium personarum et rerum et vocabulorum præorditur, quod philargia clericorum, si qua fuerit, id est avaritia, detestabilis est et Deo et hominibus, quæ scientiam cum divitiis abscondere non abhorret. Avaritiæ quidem non sufficiunt insulæ[1] Crisa et Argira, quarum altera auro, altera argento superabundat, ubi sunt aurei montes quos dracones defendunt avarorum hominum ab insultu. Quo vitio remoto, pauca dictionum granula, quæ Deus mihi contulit, videlicet grammaticam competentem divitibus postulantibus, publicabo.

Quel est donc ce *Commentaire*, cette grammaire à l'usage des riches ? C'est un vocabulaire, où sont définis, expliqués et souvent traduits en français les termes dont l'interprétation intéresse le plus les grands de ce monde, seigneurs laïques ou prélats. M. Scheler a reproduit quelques-unes de ces définitions. En voici d'autres :

In muro sunt hæc : hoc cæmentum, ti; hoc plastrum, plastri, a quo plastare; a cæmento cæmentare, gallice *mazuner*. . . : hoc cæma, tis, idem quod cæmentum; et est scema, tis, idem quod ornatus rhetorices : hæc trulla, læ, instrumentum, gallice *truele,* et vas in quo balneatur : hoc pendiculum, quo murus adæquatur : hæc amussis, gallice *esquire;* inde examussim, indubitanter. . . . . : hoc lacunar, ris, summitas est domus, gallice *fest :* hoc tignum, gallice *cheverons :* hæc trabs, bis, gallice *trés,* et ponitur pro nave et pro tentorio, quod est gallice *pavilun :* propinqua sunt laquearia et latæ, quæ gallice dicuntur *lates :* hoc solarium, de solum, li, et habeo, es, est longum lignum in fundo parietis, gallice *soler*... :

[1] Ce prologue du *Commentaire* de Jean de Garlande a été publié par M. Scheler d'après le manuscrit de Bruges (Scheler, ouvr. cité, p. 10). M. Paul Meyer, qui a copié plusieurs fragments du manuscrit de Cambridge, a bien voulu nous communiquer sa copie. Elle nous sert en ce moment à corriger quelques mots du texte donné par M. Scheler.

et armariolum in muris solet fieri, gallice *rebat*, vel, ut quidam dicunt, *armaire*, ubi reponuntur diversa quandoque arma, quandoque vasa, quandoque scutellæ et rotundalia, gallice *platel*, acetabula, gallice *sausers*, et creagræ, gallice *havet*, quandoque cyphi, vel de ligno, vel de vitro, vel de argento, vel auro, quandoque lagenæ, gallice *quartez*, vel picarii, vel hydriæ, gallice *cruches*, quandoque cacabi, vel urcei, vel patinæ, cujus diminutivum est patella, mortarium et tritorium, gallice *pestel*, et tripodes et pilæ, vasa concava in quibus teritur triticum[1]. . . . .

Jean de Garlande cite plus d'une fois dans ce *Commentaire* le *Dictionnaire* dont nous avons précédemment parlé, comme, par exemple, dans ce passage : *De scholarium instrumentis et de libris suis dictum est in Dictionnario meo.* Il est donc bien évident que les deux ouvrages sont du même auteur. Ils sont d'ailleurs attribués l'un et l'autre à Jean de Garlande par les manuscrits de Bruges et de Cambridge, lesquels finissent ainsi : *Hæc edita sunt Parisius sub venerabili cancellario Parisius Gualtero de Castello Theodorici, anno Dom. MCCXL° sexto gloriosum et admirabilem partum beatæ Mariæ Virginis demonstrante.* Dans le manuscrit de Bruges un glossateur ajoute que Jean de Garlande fit cet ouvrage pour Adhémar, frère du roi d'Angleterre[2]. Il s'agit d'un troisième fils d'Isabeau d'Angoulême et du comte de la Marche, frère utérin d'Henri III.

XXVIII

DICTIONNARIUS METRICUS.

Ce *Dictionnaire* métrique commence par :

Olla, patella, tripes, coclear, lanx, fuscina, cratrix;

et chaque vers est la matière d'une interprétation assez étendue. Le début de l'interprétation est : *Nominativo, hæc olla, ollæ, gallice* « buire; » *hæc patella, læ, gallice* « paelle. » Jean de Garlande a composé plus d'un

[1] Nous empruntons ce fragment à la copie de M. Meyer.

[2] Laude, *Catal. des man. de Bruges*, p. 479, 484. — Scheler, ouvr. cité, p. 12.

écrit de ce genre; cependant il n'est aucunement certain qu'il soit l'auteur de celui-ci. Il se rencontre sous son nom dans le n° 438 de Douai; mais il est sans nom dans le n° 4146 de Munich et sous le nom d'Alexandre Neckam dans le n° 169 de Metz. Alexandre Neckam a fait aussi des glossaires, et c'est peut-être celui-ci que Fabricius inscrit au catalogue de ses œuvres sous le titre de *Repertorium vocabulorum*. Nous aurons la prudence de ne pas conclure, les témoignages contraires étant de même valeur.

XXIX

POETRIA DE ARTE PROSAICA, METRICA ET RITHMICA.

Cet ouvrage est un mélange de vers et de prose. Les vers exposent les règles; dans la prose se trouvent les exemples. Comme on ne peut séparer les exemples des règles, nous n'hésitons pas à croire que la prose et les vers sont du même auteur. Les vers commencent par :

Parisiana jubar diffundit gloria, clerus
  Crescit, Apollineas fons jaculatur aquas.
Pascua grex, pastor vernat, crescit, studet usu;
  Pascua grex studio, pastor amore gregis.
Primæ doctrinæ teneri nova pabula carpant
  Agniculi, pastor spectet, ovile terat.
Quid dedignaris, tu qui majora requiris?
  Vidimus in plano sæpe labare pedem.
Ne pes ignoret ubi sistere debeat, artis
  Regula dat pontem, ponte repone pedem.
Quorumdam longi tractatus æquora fundunt;
  Hæc ars dictandi stringitur amne brevi.
Metrica prosaicæ, metricæ subjungitur arti
  Rithmica; tres unus iste libellus habet.

On désigne deux manuscrits de cet ouvrage inédit : l'un à Munich, sous le nom de *Joannes Anglicus*, l'autre à Bruges, n° 546, sous le nom de *Joannes Anglicus de Garlandia*. Pour l'attribuer, même par conjecture, à tout autre qu'à Jean de Garlande, il faudrait un témoignage contraire, et l'on n'en connaît pas. Quelques-uns des exemples semblent indiquer d'une manière approximative la date de la composition. Ce serait environ l'année 1260.

M. Laude a, le premier, signalé cette *Poetria;* en l'année 1863, M. Louis Rockinger en a donné, d'après le manuscrit de Munich, une analyse assez étendue[1], et, l'année suivante, M. Scheler en a publié quelques vers[2] dans un recueil de Leipzig, ignorant ce qu'en avait dit M. Louis Rockinger. En voici le plan tracé par l'auteur lui-même :

Quinque sunt inquirenda in principio hujus opusculi, scilicet materia, intentio auctoris, utilitas audientis, cui parti philosophiæ supponatur, quis sit modus agendi. Materia est ars dictandi, metrificandi et rithmificandi. Sed has artes præcedunt aliæ, quæ sunt ars inveniendi, ars eligendi, ars memorandi, ars ordinandi, ars ornandi. Intentio auctoris est tradere artem eloquentiæ. Utilitas est scire tractare quamcumque materiam prosaïce, metrice et rithmice. Liber iste supponitur tribus speciebus philosophiæ : grammaticæ, quæ docet congrue loqui; rithmicæ, quæ docet ornate loqui; ethicæ, quæ persuadet honestum, quod est genus omnium virtutum secundum Tullium. Is est modus agendi : auctor docet prius invenire secundum species inventionis, vocabula scilicet substantiva et adjectiva et verba proprie et transumptive posita in quolibet genere dicendi, sive sint litteræ curiales, sive scholasticæ, sive elegiacum carmen tractatur, vel comœdia, vel tragœdia, vel satyra, vel historia. Auctor autem aliquando tractat de arte prosaïca, aliquando de arte versificatoria, mutua vicissitudine, aliquando de rithmica, sed hoc versus finem, et in fine specialiter de metrica, ubi reformantur decem et novem metra diversa, secundum Horatium qui composuit decem et novem metra diversa in odis; ad aliquod unum illorum reducuntur alia metra et hymni. Hac autem ratione modo tractatur de hac arte, modo de illa, partim et vicissim, quia sunt et aliqui qui excerperent a libro artem prosaïcam per se, sunt et aliqui qui excerperent artem metricam, vel rithmicam, vel versificatoriam, pro voluntate sua, et ita libellus per panniculos distraheretur. Unde qui vult habere partem, necesse est ipsum habere totum[3].

[1] *Quellen und Erörterungen zur bayerischen und deutschen Geschichte*, t. IX, p. 482-512.

[2] Ouvr. cité.

[3] L. Rockinger, ouvr. cité, p. 491.

Ce préambule fait très-bien connaître le contenu de l'ouvrage. C'est un *Ars dictaminis* à l'usage des écoliers, des clercs prébendés, des moines, des officiaux, et même des notaires, de quiconque, en ce temps-là, savait écrire. Il y a des modèles de tous les genres de style, en prose et en vers. Nous citerons un modèle de scène comique. Voici d'abord comment Guibert de Tournai, qui n'est pas toujours si plaisant, avait conté, dans un de ses sermons, l'anecdote ici versifiée par Jean de Garlande :

Legitur quod quidam dæmon loquebatur in Francia per os cujusdam dæmoniaci et abscondita manifestabat; et erat opinio quod non mentiebatur; et cum venissent ad eum et de multis interrogassent, de omnibus vera respondebat ille Guinedocet; sic enim faciebat se vocari. Tandem unus, tentans eum, ait : « Dic « mihi quot filios habeo? » — « Unum, inquit solum habes. » Et ille, vocans multos, ait : « Dicebatur quod iste non mentiretur, et manifestum est quod modo mentitus « est, dicens me non habere nisi unum filium, cum ego habeam duos. » Et dæmon ait : « Unum dixi, nam unum solum habes; alius est sacerdotis. » Et ille erubescens ait : « Dic mihi quis meus et quis sacerdotis? » Et dæmon : « Non dicam tibi; « sed oportebit te utrumque pascere, vel utrumque ejicere[1]. »

C'est donc sur cette matière que Jean de Garlande a composé les vers suivants :

Est ex Plutonis fovea prolata colonis
Gallica vox, læta, jocunda, novella, faceta :
« Hac in cisterna lateo, terræque caverna
« Hospitor et ludo, ventura latentia nudo.
« Guignehochet baratri me vulgus nominat atri;
« Guignehochet Pluto, cujus nutu cado, nuto,
« Me baptizavit, Phlegetonis flumine lavit.
« Vaticinans dico nostro quæ poscit amico. »
Rusticus ergo venit, repetens fora rus ubi venit.
Guignehochet visit, obiter quem mente revisit
Guignehochet, læta per gallica rura propheta.
Colloquio facto vox est hæc edita pacto.

[1] Mss. lat. de la Bibl. nat., n° 9606, fol. 37. verso.

RUSTICUS.

Maxime fatorum reserator, quot puerorum
Vivo pater, mihi dic, quos servat adhuc sua mater?

GUIGNEHOCHET.

Esse tuos ego dico duos, quos pascit in æde.

RUSTICUS.

Mentiris fabricasque viris hac frivola sede.

GUIGNEHOCHET.

Non ego mentior, aut vagus otior hæc referendo.

RUSTICUS.

Sunt mihi quattuor, hos ego contuor ore verendo.

GUIGNEHOCHET.

Presbyteri gemini pueri sunt, rustice nequam.

RUSTICUS.

Ede duos capiatque suos, rem non facit æquam.

GUIGNEHOCHET.

Nolo.

RUSTICUS.

Cur?

GUIGNEHOCHET.

Pueris teneris malus effeceris.
Binis vocalis pater es binisque realis.
Victricus[1] esto pater, hostis pius, albus et ater,
Nomina dum celo. Fuge, rustice; rumpere zelo[2].

Ainsi Jean de Garlande n'avait pas appris, en vieillissant, à faire de bons vers. Ne s'explique-t-on facilement le dégoût qu'inspirèrent aux beaux esprits de la renaissance italienne des leçons de style données au moyen de tels exemples?

[1] Sans doute *Vitricus*. — [2] L. Rockinger, ouvr. cité, p. 497-498.

XXX

PRÆPOSITIONES GRÆCÆ.

Dans le n° 3603 des manuscrits latins de Munich se trouve, sous le nom de Jean de Garlande, une suite de vers sur les *Prépositions grecques*, commençant par :

> In lucem græcæ ponuntur præpositivæ;
> Pone decem, jungens octo, numerumque tenebis.

Cependant cet opuscule n'est cité ni par Boston de Bury, ni par Leyser, ni par Fabricius[1], ni par les bénédictins. Ils l'ont à bon droit passé sous silence. Ce n'est pas, en effet, un opuscule; c'est un extrait du *Compendium grammaticæ*, comme nous l'atteste une glose du *Distigium*[2] que nous avons précédemment citée.

XXXI

REGULÆ DE DIALECTICA. GLOSE SUR LE DOCTRINAL.

Finissons par dire, en peu de mots, notre avis sur deux conjectures auxquelles nous ne croyons pas devoir adhérer.

La première est de M. Le Clerc. Parmi les œuvres attribuées à Gerland, chanoine de Besançon, figure un traité de dialectique, intitulé *Regulæ magistri Gerlandi de dialectica*[3], dont Jean de Garlande pourrait bien être, suivant M. Le Clerc, l'auteur longtemps méconnu[4]. Nous n'avons jamais rencontré ce traité de dialectique, que ne mentionnent, au nom de Gerland, ni Casimir Oudin ni Fabricius; mais nous n'avons aucun motif de le refuser à Gerland, s'il existe quelque part sous son nom. Jean de Garlande était expert en logique, mais

[1] Fabricius, *Biblioth. med. et inf. æt.*, t. I, p. 66.

[2] N° 8320 de la Biblioth. nat., fol. 72, et n° 15037, fol. 169, col. 1.

[3] *Histoire littér. de la France*, t. XII, p. 279.

[4] *Histoire littér. de la France*, t. XXII, p. 372.

Gerland ne l'était pas moins; c'est, à n'en pas douter, sur des questions de logique qu'il eut une si longue dispute avec Thierry de Chartres, lorsqu'ils accompagnaient Adalberon, archevêque de Trèves, allant à la diète de Francfort[1].

La seconde conjecture est de M. Ch. Thurot[2]. Un scoliaste alléguant une explication fournie par Jean de Garlande sur un vers obscur du *Doctrinal*, M. Thurot suppose que cette explication est tirée d'une glose continue dont Jean de Garlande serait l'auteur. Mais cette glose n'est pas autrement connue de notre savant confrère, et il n'est pas nécessaire de supposer qu'elle ait jamais existé. En effet, Jean de Garlande cite plus d'une fois le *Doctrinal* dans ses traités de grammaire, et plutôt pour l'expliquer que pour le critiquer.

Nous ne pouvons, en terminant cette longue notice, nous féliciter d'avoir résolu toutes les difficultés que présentait le discernement des œuvres authentiques de Jean de Garlande. Mais nous n'aurons pas perdu notre peine si nous avons éclairci quelques points, dissipé quelques doutes. Les critiques nous en sauront gré, car le nom, si souvent cité, de Jean de Garlande a dû leur causer, comme à nous, de fréquents embarras.

[1] *Histoire littéraire de la France*, t. XII, p. 276.

[2] *Notices et extraits des man.*, t. XXII, 2ᵉ partie, p. 510.

www.ingramcontent.com/pod-product-compliance
Ingram Content Group UK Ltd.
Pitfield, Milton Keynes, MK11 3LW, UK
UKHW020344180726
13839UKWH00002B/908

9 782329 292229